新潮文庫

夜空に泳ぐ
チョコレートグラミー

町田そのこ著

新潮社版

11435

目次

夜空に泳ぐチョコレートグラミー

カメルーンの青い魚

大きなみたらし団子にかぶりついたら、差し歯がとれた。しかも、二本。私の前歯は、保険適用外のセラミック差し歯なのだ。

休みを利用して、遠くまで足を運んで食べに来た人気店のみたらし団子。もちもちして美味《おい》しいと評判のみたらし団子。最初の一口目で、歯がとれた。

香ばしそうな焼き目を甘じょっぱいタレが覆《おお》った団子に、仲良く歯が並んで刺さっている。それを一瞬、哀《かな》しい思いで眺めた。それから、とても面白くなって、私は正面で団子を頬張っていた啓太《けいた》に見せた。ほらほら、見て！　団子に、歯が！

啓太は口の中の団子を吹き出した後、大声で笑った。

「うわ、汚いよ。啓太！」

「ちょう歯抜けじゃん、何やってんの！」

ひとしきり笑った啓太は、携帯電話を私に向ける。団子を手ににっこり笑ってみせると、手をぷるぷると震わせながら、写真を撮った。ピロピロン、と軽快な音と共に、私の歯抜け顔がデジタルデータとなり、半永久的に記録された。それを見せてもらえば、上品なお茶屋さんにそぐわない滑稽《こっけい》な笑顔がある。自分が想像していた以上だったのでさすがに恥ずかしくなって、団子の串をステッキのようにくるくると振ってみた。二本の歯は変わらず刺さったままで、啓太はそんな私と携帯電話を見比べては、げらげらと笑った。

「あー、お腹《なか》痛い。ていうかさ、さっちゃんの前歯、偽物《にせもの》だったんだね」

「そうなの。昔ね、殴られて折れたんだよねえ」

団子から歯をそっと抜きながら言う。まだ高校生のころ、いわゆるヤンキーの喧嘩《けんか》に飛び込んで殴られたのだ。痛みはもちろんのこと、あまりの血の量と、普段は鏡越しでしか見ることのない前歯が転がっていることにショックを受けた私は大声をあげてしまい、それはもう大変だった。血塗《ちまみ》れで叫ぶ私を見て彼は怯《ひる》んで、喧嘩はうやむやに終わった。

「え。さっちゃんってヤンキーだったの？　さっちゃんにヤンキーが務まるの」

啓太の言葉に笑う。素質としてはゼロだなあ。たまたま、一緒にいたひとがヤンキーみたいなタイプだっただけだよ。喧嘩が日常茶飯事の人でねえ。言いながら、二本の歯を空のピルケースに入れる。ビタミン剤を買い足さなくちゃと思っていたけど、ちょうどよかった。

「ええ、それも信じられない。友達だったの？」

「ふたつ上の、幼馴染《おさななじみ》。近所に住んでいてね。昔っから血の気が多くて喧嘩っぱやくて。あのひとのお蔭《かげ》で、私はちょっとした怪我《けが》の手当てなら看護師さん並みに手馴れてたよ」

「さっちゃんとバイオレンスは似合わない」

「バイオレンスって訳じゃないよ。あ、すみません。このお団子持って帰りたいんで、容器もらえませんか」

口元を隠して店員さんを呼び止めた。モリモリ食べるつもりで、大きめのみたらし団子は私の前に五串も並んでいた。前歯の無くなったいま、これをうまく食べる自信はない。

「これ、冷凍しておけば食べられるかな」

「多分。残念だね、さっちゃん。焼き立て、ちょう美味《うま》いのに」

プラスチックのフードパックに団子を詰める私の前で、啓太はぱくぱくと食べる。タレを口の端に付けて、三本目の団子に手を伸ばした。啓太はみたらしの他にゴマきな粉も頼んでいて、ああ美味い美味いと食べている。啓太の自前の前歯が、黄色い団子を噛《か》みちぎる。

「せめて、食べ終わってからとれたらよかったのに」

「ほんとだね。あ、いまから歯医者の予約いれなよ。俺の行く歯医者さん、日曜もやってたじゃん。うまくいけば夜には団子食べられるかもしれないよ」

それもそうだと、私は携帯電話を持って店外に出る。びゅうっと冷たい風が吹いて、身を縮ませる。ああ、寒い。もう年末だもんねえ。そりゃあ、寒いよねえ。白い息を吐きながら連絡をしてみたら、歯医者は運よく二時間後に予約が取れた。よかった、啓太の言う通り、今日中に団子が食べられそうだ。

結局啓太は団子の他に田舎しるこを食べ、あんまり好きじゃないんだけどと言いながら添えられていた塩昆布まで残さず食べた。それから、私たちはそれぞれ自転車に乗って、帰路につくことにした。私がグレー、啓太がモスグリーンの色違いのマフラーをぐるぐると巻き、手袋をはめる。ママチャリの私と違い、マウンテンバイクの啓太は体力の差ももちろんあるけれどとても速い。時折置いていかれそうになりながら、啓太の背中を追いかけた。

舌を動かして、口の中を探る。ぽっかりと、二本分の空間が開いている。僅《わず》かに残る歯根《しこん》が舌先で分かる。舌を動かしながら、ぼんやりと歯がなくなったときのことを思いだした。ばきりという嫌な音が頭の中で響いたこととか、私を呼ぶ声とか、生々しく再生される。もうずっと前の記憶なのに、鮮明に溢《あふ》れてきて驚く。どうやら私は自分が思っていたよりも記憶力が良かったらしい。だけど不思議と、私を殴りつけたひとの顔だけは再生できなかった。正確に言うと、そのひとのあのときの表情だけが、思いだせない。それ以外の顔ならどんなでも思いかえせるのに。不思議だ。

さっちゃん、と前を走る啓太が振り返る。俺、このままちょびっと遊びに出かけるわ。夕飯までに帰るから、いいよね？　と叫ぶ。こっくりと頷《うなず》くと、啓太は片手をひょいとあげて、脇道《わきみち》にするりと入って行った。その道の先には、啓太のお気に入りのゲームセンターがある。なんとかっていう対戦型ゲームに嵌《はま》っていて、ランキング上位にいるというのが最近の啓太の自慢だ。

追いかける者がいなくなった私は、ペダルを漕《こ》ぐ足を緩めた。ふうっと肩で息を吐く。空を見上げると、冬の澄んだ青空が広がっていた。雲一つない、薄い青。そういえば、あの日もこんな寒い日で、空が綺麗《きれい》だった気がする。そうだ、口にタオルを押しあてて、ごろんと寝転がって見た空はこんなんだった。

私の横にはりゅうちゃんが座っていて、馬鹿《ばか》、と低い声で言った。

『馬鹿じゃねえの、なんでサキコが間に入って来るんだよ』

らって、あれ以上殴ったらりゅうひゃんがひろごろしになっちゃうれしょ。上手《うま》く喋《しゃべ》れなくて、血の臭《にお》いに噎《む》せながら私は言った。りゅうちゃんが執拗《しつよう》に殴りつけていた男の子は息も絶え絶えで、血と泡を吹いていて、これは絶対死んじゃうと思ったのだ。結局彼は死にかけとは思えないほど速く自分のバイクに乗り、逃げ去ったのだけれど。

いつか彼は人を殺してしまうかもしれない。それは今日このときに違いないと思ったのが先か動いたのが先か、私は二人の間に割って入った。しかしまさか、自分が殴られるとは思ってもみなかった。

『ああもう！　俺はサキコを殺すかもって思っただろ。馬鹿』

一瞬泣きそうな顔になったあと、りゅうちゃんはすぐに自分の拳《こぶし》で地面や自分の唇や顎《あご》をごつごつと叩《たた》きだした。ごめんね、りゅうひゃん。ごめんね。りゅうひゃんも怖かったよね。私はもごもごと言う。りゅうちゃんは私の方を見ないまま、少しだけ下げた頭を掻《か》きむしりながら『お前が怖いよ』と言った。

血が止まると、りゅうちゃんは原付バイクの後ろに私を乗せ、病院に向かった。りゅうちゃんの着ていたカーキ色のダウンジャケットに血がベタベタとつく。ごめんね、りゅうちゃん。ジャケット、クリーニングに出すね。そう言う私に、ずっと無言だった。

りゅうちゃんは、それから私の前では喧嘩をしなくなった。それまではしょっちゅう平気で暴力をふるっていたのに、しなくなった。だけど喧嘩を減らしたわけではない。いままでと同じか、いやそれ以上に乱暴が増えた。

どういうことかというと、私と距離を置くようになったのだ。理由を訊《き》けば、私がいたら手が動かなくなるからと言った。そっかあ、と返事をしながら、どうしてりゅうちゃんは人を殴らずにはいられないんだろうと思った。私に触れる手はとても優しいのに、どうしてその手を凶器に変えなくてはいけないんだろう。だけど、私はそれを訊くことはしなかった。訊けばりゅうちゃんはきっと哀しい顔をすると、ぼんやりと思ったから。

思えば、りゅうちゃんはとても真面目《まじめ》すぎる人だった。そして、とても優しい人だった。自分を取り巻く環境に息苦しさを覚えていながら、それでもその中で適応しようとしていた。場所さえ変えればりゅうちゃんは息がしやすくなっただろうに、りゅうちゃんはこの街にいた。拳を振るいながら。

「いまなら、分かるのになあ」

マフラーの中で独りごちる。馬鹿な私でも、いまなら分かるのに。だけど分かったって、どうしようもない。

とろとろとペダルを漕いでいる間に、家についた。小さな古い平屋が、我が家だ。私の育ての親である亡《な》き祖母が若い時分に買った家は、築六十年を越している。壁はひび割れていて春にはぺんぺん草が顔を出すし、屋根瓦《がわら》はびっしりと苔《こけ》むしている。家の中はこまめに手入れしているのでそれなりに綺麗だけれど、隙間《すきま》風が酷《ひど》いし襖《ふすま》の開け閉めが非常に固い。もしかしたら少し、家が傾いているのかもしれない。だけど、玄関の引き戸だけはとても調子がいい。鍵《かぎ》を開けて手を添えると、からりと音を立ててするっと開く。

この戸の調子を整えたのは、りゅうちゃんだった。

中学を卒業してから、りゅうちゃんは左官屋さんに弟子入りした。りゅうちゃんのいた児童養護施設の院長さんの知り合いとかっていう関係のひとだ。おじいさんだけどとても体の大きな強面《こわもて》のひとで、左手の小指の第二関節の先がなかった。りゅうちゃんの話だと、おなかのどこかに大きな刺し傷の痕《あと》がある。タナベさんというそのひとは早くに奥さんを亡くしていて独り暮らしで、りゅうちゃんはタナベさんの家に住み込みで入った。

タナベさんは、りゅうちゃんがどれだけ暴れても喧嘩をしても、仕方ねえなと笑っていた。そのあと、大きな手のひらでりゅうちゃんの頭をばちんと叩いて、ほどほどにしとけよと言った。りゅうちゃんはうるせえよ、と手を振り払って、じじい早く死ねと返す。タナベさんはそれでも笑っていた。

ただ、りゅうちゃんが私の歯を折ったときは、弾《はじ》け飛ぶくらい強く叩いた。倒れ込んだりゅうちゃんの襟元を掴《つか》んで立たせ、立て続けに三回叩いた。その間タナベさんは無言で、りゅうちゃんも何も言わなかった。

タナベさんはそれから少しして、病気で亡くなった。りゅうちゃんはタナベさんの遺体が火葬場の窯《かま》に入れられる瞬間、叫んだ。喧嘩を始めるときに気合を入れるように、お腹の底から吐き出すようにして叫んだ。私はそんなりゅうちゃんの服の裾《すそ》をぎゅっと握りしめていた。拳を振るいながら飛びだして行くときに、いつもそうしていたように。喧嘩のときはいつも裾は私の手からすり抜けていったけど、そのときだけは裾はずっと私の手の中にあった。

タナベさんが亡くなった次の年のお正月、りゅうちゃんがふらりと私の家に来た。行くところはここしかなかったわ、と笑って。亡き祖母はりゅうちゃんのことをとても可愛《かわい》がっていて、よう来たよう来たと招き入れた。そして、ガタガタと玄関戸を閉める祖母を見て、りゅうちゃんは直してやるよ、と言った。

一度どこかへ行ったりゅうちゃんは、戻って来たときにはいろんな道具を持っていた。そして、立てつけの悪くなった戸を外し、しょこしょこと溝を削りだしたのだ。私と祖母は、りゅうちゃんの作業を玄関の上がり框《かまち》に座って眺めていた。りゅうちゃんすごいねえ、そんなことも出来るの。そう言った私に、りゅうちゃんは頷いた。

『じじいが教えてくれた』

短く答えたりゅうちゃんの顔はとても優しくて、私はそっかあと頷いた。りゅうちゃんは何度か戸を嵌《は》めては外し、削ってを繰り返した。その手つきはとても慣れていて、落ち着いていた。すごいねえ、りゅうちゃん。私と祖母は何度も口にしていたらしく、りゅうちゃんはおまえら、しつこい、と呆《あき》れたように言う。小一時間ほどで作業は終わって、戸はとても滑らかに動くようになった。

タナベさんはたくさんのことをりゅうちゃんに教えてくれていた。左官の仕事はもちろん、お出汁《だし》の引き方とか、畳の拭《ふ》き方とか。我が家のお雑煮は醤油《しょうゆ》仕立てのすまし汁に焼き餅《もち》なのだけど、りゅうちゃんは白味噌《みそ》に煮たお餅を入れたほうが美味いと言った。タナベさんはいつも雑煮を作るときは白味噌仕立てだったそうだ。食べたことがないと言う私に、りゅうちゃんはわざわざ作ってくれた。タナベさんは、雑煮のレシピまで教えていたのだ。いつもと違う味わいの雑煮を食べた祖母は、タナベさんは関西のひとやったのかもしれんねえ、と言った。りゅうちゃんは、じじいは訛《なま》ってなかったけどなと首を傾《かし》げたあと、行ってみたいなと呟《つぶや》いた。じじいのいた場所、行ってみてえや。私はにゅんにゅんと伸びるお餅を齧《かじ》りながら、美味しいなあと思っていた。

お正月が過ぎたころ、りゅうちゃんは突然いなくなった。りゅうちゃんを泣きながら探す私に、タナベさんからりゅうちゃんのことを引き継いで面倒を見るようになっていたおじさんが、あいつはやばい奴《やつ》らのところに行ったと教えてくれた。りゅうちゃんは怖い人たちにとって、便利な男なんだという。さっちゃん、諦《あきら》めな。あいつはもう戻って来ない。もし戻って来ても、関わっちゃいけない奴になってる。あいつらからタナベさんの匂《にお》いがした、なんていうけど、あの人はその匂いをとても嫌っていたのに。必死に洗い落とそうとしてたのに、なんで息子同然のあいつがそれに引き寄せられるんだろうなあ。その匂いは、よくねえものなのに。おじさんはとても哀しそうに言葉を落とした。

りゅうちゃんは、甘い物が嫌いなくせに甘い匂いは好きだった。ケーキ屋さんの匂いとか、煮えばなの田舎しるこの匂いとか。一番好きなのは、私が黄色い包み紙のフルーツガムを噛んでいるときの匂いだ。ガムを噛みながら私が話すのが好きだとりゅうちゃんは言った。ガムを吐き出し終わってからも香料の強いガムは匂いを残し、りゅうちゃんはそんなとき、キスをくれる回数が増えた。啄《ついば》むような柔らかいキスの合間に、りゅうちゃんはサキコの匂いがすると言った。これが、サキコの匂いだって。りゅうちゃんはいつも、自分では口にすることのないフルーツガムを、胸の内ポケットに忍ばせていた。私の、私とのキスの匂いのするフルーツガムを、決して欠かすことはなかった。それを知っている私は、彼が行ってしまった理由が少しだけ分かった気がした。

それから、りゅうちゃんはおじさんの言う通り、帰って来なかった。時折、りゅうちゃんの根も葉もない噂《うわさ》を聞いた。デリヘル嬢の送迎をする黒服をしてるとか、ホストを刺して顔を傷つけたとか。やくざの組のお金を持ち逃げして追われているとか。人を、殺したとか。

私は、りゅうちゃんのいなくなった街で生活をした。高校を卒業し、小さな工場に就職した。自動車のアームレストのカバーを、工業用ミシンで縫う工場だ。私は縫いあがったカバーにほつれや糸切れがないかを確認する検査の係になった。真《ま》っ直《す》ぐだったり、少しカーブができてたりする縫い目を、ただただ見つめる。アリの行列がちゃんと続いているかを見届けるような気分のする仕事だ。そんな職場の初任給で、祖母を回転寿司《ずし》屋に連れて行った。二人で、お腹いっぱい食べた。祖母は十五皿食べて、こんなに美味しいお寿司を食べたのは初めてだと言った。それなら毎月ここに来よう。私のお給料日は、この店に来よう。そう言うと祖母は、こんな贅沢《ぜいたく》を毎月してたらバチがあたるよと諭すように言った。祖母は私が六回目の給料を貰《もら》う前に、死んだ。回転寿司を食べに行ったのは、あの一回こっきりだった。

祖母のお通夜《つや》の晩、りゅうちゃんが来た。とんとんと戸を叩く音がして、玄関をからりと開けたらりゅうちゃんが立っていたのだ。キラキラの金髪をオールバックにして、すごく高そうな仕立ての良い真っ黒のスーツを着ている。りゅうちゃんは私を抱きしめて、一人で大変だったろうと言った。どうしてここに来れたのとか、祖母が死んだことをどこで知ったのとか、訊きたいことは沢山あったけど、私はこっくりと頷いて、りゅうちゃんの腕の中で深く息を吸った。フルーツガムとタナベさんの匂いがして、お腹の辺りがあったかくなった。

りゅうちゃんは玄関先で、祖母にお参りをすることもなく私の服を脱がせた。秋口の夜は少し肌寒くて、私は奥に行こうと言ったけれど、りゅうちゃんはそこで、自身の服はほとんど脱ぐことなく、性急に私の中に入って来た。とても久しぶりの感覚に声を上げそうになって、でもそんな声が祖母の元に届いたら恥ずかしいと必死に堪《こら》えた。壁におっぱいを押し付けられ、後ろから乱暴に掻き回されながら、私は過去を思いだしていた。昔から私は声を押し殺してきた。声を出したら、りゅうちゃんから与えられる気持ちいいものが漏れ出てしまいそうな気がして、必死で口を押えて飲み込んだんだ。少しも、取りこぼしたくなくて。

それから私の中で果てたりゅうちゃんは、服をちゃんと着てから祖母の前に行った。闘病期間の短かった祖母には病気窶《やつ》れというものはなくて、穏やかに眠っているように見えた。りゅうちゃんは、ばあちゃん、元気でなと言った。私は、そうか、祖母は新しいところへ旅立っただけだもんな、とりゅうちゃんの背中を見ながら思う。私の内腿《うちもも》には、りゅうちゃんの精子がとろとろと流れていた。

それから私たちは、薄っぺらい布団《ふとん》の上でもう一度体を重ねた。りゅうちゃんは今度はちゃんと服を脱いだ。記憶よりも筋肉の付いたりゅうちゃんの体には見慣れない傷が沢山ついていて、左のわき腹には大きな縫い跡があった。ねえ、タナベさんのおなかにあった傷っていうのは、と訊きながら有刺鉄線みたいな痕《あと》を指でなぞると、りゆうちゃんが擽《くすぐ》ったそうに笑う。それから、煙草《たばこ》の煙をゆっくりと吐き出しながら、じじいのは右側だったかなと言った。

布団からもぞもぞと這《は》い出て、りゅうちゃんの脱ぎ捨てたスーツの上着に手を伸ばす。黒い裏地の内ポケットをまさぐると、やっぱり黄色い包み紙があった。すっかりヨレヨレになっているそれを出して、これ食べていい？　と訊くと、いつのか分かんねえから、腹を壊しても知らねえぞと言われる。ねばっとした包み紙をはがしてほんとだねと笑いながら口に入れると、痩《や》せるかもなと言って優しく笑ってくれた。

柔らかくなったガムを嚙みながら布団に戻る。りゅうちゃんは有刺鉄線のあるほうのスペースを開けてくれた。

腕の中で、私は自分の話をした。主に、コーラの話をした。私とペアで仕事をしている――一次検査と二次検査がある――のはコラソンというフィリピン女性だ。愛称は、コーラ。コーラは母国に家族を残していて、夜はフィリピンパブで働いている。少しぽっちゃりしていて、蜜色《みついろ》の肌をしている。年は四十を過ぎていて、化粧が濃い。よく分からない銘柄の香水をつけていて、その匂いは熟した南国フルーツと散り際《ぎわ》の南国の花を煮詰めたような感じ。少しだけ言葉のたどたどしいコーラは面倒見が良くて、時折私に手作りの惣菜《そうざい》を分けてくれる。タッパーに入れて、汁洩《も》れしないように二枚ほどのビニール袋でしっかりと包《くる》んで。豚肉と青唐辛子を、ココナツミルクと色んなスパイスで煮込んだ料理が美味しいのだけれど、とても辛い。

コーラはねえ、私のことを娘みたいだって言うの。フィリピンに置いてきた娘が私と変わらない年なんだって。私が母親を知らないって言ったら、私の事をママって呼びなさいって言うのよ。恥ずかしくて呼べないんだけどね。何か、ママとかお母さんとかっていう言葉は私には一生縁がない気がするの。だけどね、コーラは私がママって呼べないって言うとすごく悲しそうな顔をするし、それを見た会社のみんなは呼んであげたらどうって言うのよ。コーラを受け入れてあげてって。

りゅうちゃんは相槌《あいづち》を打ちながらずっと聴いてくれた。その料理はビコールっていうんじゃなかったかな。俺も多分食ったことがある。ビールにすげえ合うんだよな。そんなことを教えてくれた。

ガムの味がしなくなって、包み紙に吐き出す私を見て、りゅうちゃんがキスをしてきた。舌を絡《から》ませて吐息が混じる。りゅうちゃんが懐《なつ》かしいなと言った言葉が、黄色くて甘い。私が、そうだねと言った言葉も。

翌朝、起きるとりゅうちゃんはいなくなっていた。枕元《まくらもと》には丸められたティッシュがいくつかとくしゃくしゃになったガムの包み紙、それと茶色い封筒が置かれていた。

それを取り上げて中を見たら、びっくりするくらいの大金が入っていた。部屋の中に微《かす》かに残るりゅうちゃんの匂いを嗅《か》ごうと息を吸った。鼻の奥で、フルーツガムの匂いがした。

連れて行ってくれないんだなあと思った。この街に、一人きりの私を置いていくんだなあと思った。封筒を見つめて、しばらく動けなかった。

部屋が温まる間もなく、歯医者の予約の時間が迫った。冷えたままの炬燵《こたつ》の中でぼんやりとりゅうちゃんを思いだしていた私は、よっこいしょと立ち上がった。自転車のカギを手にして、置く。大した距離ではないし、歩いていこう。買い置きのマスクをして、マフラーを再びぐるぐる巻きにする。手袋をして、茶簞笥《ちゃだんす》に仕舞っていた保険証をバッグに入れて、歯の入ったピルケースを確認して、家を出た。

マスク越しに入ってくる空気が冷たい。鼻の奥がキンと痛んだ。舌先で口の中の空洞を探りながら、ゆっくりと歩く。自転車に乗ったおじいちゃんが私を追いぬいて行った。物心ついてからずっと住んでいる街は、気楽だ。気を張らなくっても生きていける。いや、生きていけるようになった。私はこの街での呼吸の仕方を覚えたのだ。

家を出てすぐに、大きな空地の前に出る。そこで足を止めた。コンクリートの土台だけがかろうじて建物の名残となっているここは、りゅうちゃんが十五まで住んでいた児童養護施設跡だ。りゅうちゃんがいなくなって二年くらい経《た》ったときに院長が亡くなって、そのまま閉鎖された。あのとき入所していた子たちは各地の養護施設に振り分けられたと聞いたけれど、詳しくは知らない。彼らも、もうすっかり大人になっていることだろう。

私は両親を知らない。シングルマザーで私を産んだ母は、物心がつく前の私を祖母に預けたままいなくなった。そんな私は、よくここに来て施設の子たちと遊んでいた。ここ両親の揃《そろ》っている子たちより、施設の子たちのほうが私に近いような気がした。ここの子たちも私に親がいないと分かると、とても優しくしてくれた。院長も、職員の人たちも、ここに来るのを叱《しか》らなかった。もう記憶もおぼろげだけど、私は彼らと一緒におやつを食べたり、ときには食事も一緒にとっていたような気がする。だって、りゅうちゃんと一緒に並んでカレーを食べていた記憶があるのだ。りゅうちゃんが好きだからと、自分の分の福神漬けをそっと彼の皿に移していた。りゅうちゃんはその福神漬けを残しておいて、最後に食べていた。

ふっと息をついて、足を進める。ジャケットのポケットに手を突っ込んだ。普段はそうでもないのに、今日はとても、りゅうちゃんのことを思いだす。二本の前歯はこれまで、溢れようとするりゅうちゃんの記憶を堰《せ》き止めていたのかもしれない、なんてありえないことを考える。小さなセラミック片二つは外観だけでなくとても大切な存在だったわけだ、と少しだけ笑った。

祖母が亡くなってから、十二年。りゅうちゃんと別れてもう十二年ということだ。りゅうちゃんの噂も、全く聞かなくなった。りゅうちゃんのことを覚えている人間も、いなくなった。きっと、私だけが彼を知っている。

歩き続けていると、前方に人の姿があった。さして広くない街だから、知り合いかもしれない。マスクをしておいて本当によかった。挨拶《あいさつ》に何ら問題はない。

顔を上げた私は、とても驚いた。そこには、りゅうちゃんが立っていた。

「どうしたの、りゅうちゃん」

りゅうちゃんは、最後に会ったときから随分印象を変えていた。金髪だった髪は黒くなっていて、こめかみの部分には白い筋が入っている。どこかちぐはぐな、借りてきたようなスーツを着ていて、体つきは少し薄くなっていた。

「風邪か」

りゅうちゃんは右の口角だけを持ち上げて言った。りゅうちゃんの声にしてはかすれ気味で、そして記憶とは違う笑い方だった。

「どうしたの、りゅうちゃん」

私はもう一度言った。私の中のりゅうちゃんと、目の前のりゅうちゃんが少しだけずれている。私の前まで来たりゅうちゃんは、腕を摑んで私を胸元に引き入れた。

「元気かって訊こうとしたんだけど、マスクしてるな。風邪か」

「違うの。歯がね、とれちゃって」

私は慌《あわ》ててマスクを取って、りゅうちゃんを見上げた。それから、にかっと笑ってみせる。

「さっきとれちゃったの。ほらみて、酷《ひど》いの」

りゅうちゃんはびっくりしたように目を見開いて、それからほろりと笑った。ああ、あのときの歯か。その声はいつも通りの声で、ほっとする。

「みたらし団子にね、刺さったの。いまから、歯医者に」

「そうか」

りゅうちゃんは私の頭を撫《な》でて、もう一度笑った。私も嬉《うれ》しくなって笑うと、りゅうちゃんはマスクしとけと柔らかい声で言った。

「サキコは」と言いかけ、ごめんと少し頭を下げた。

「りゅうちゃんのせいじゃないでしょ。団子だよ」

マスクをしながら、少しだけお腹の奥が冷たくなった。りゅうちゃんからは、フルーツガムの匂いがしなかった。もう、あのガムは売られていないのは知っている。何年も前に生産中止になったと聞いた。残念だなあと思ったけれど、こんなに哀しくはならなかった。あのとき、とても大切なものの終わりを見ていたのだといまになって気が付いた。

「りゅうちゃん、いまから家に帰ろう。おばあちゃんの仏壇にお参りして？　私、いっぱいご飯作るよ。たくさんお話したいことがあるの」

「サキコ、歯医者だろう」

りゅうちゃんは私の先を歩き出した。どこの歯医者だ、俺が知ってるところか？　そんなりゅうちゃんに答える。ううん、商店街の入り口に新しくできたの。って言っても二年くらい前かなあ。土日も診てくれるんだ。りゅうちゃんはそうか、と言いながら歩く。私はドキドキしてくる胸の鼓動を持て余しながら彼を追う。ふっとりゅうちゃんが足を止めて、私が追い付くのを待ってくれる。横に並ぶと、彼はさっきより少しだけ歩調を緩めて歩き出した。

昔はこうして、いつも一緒にいた。この角度からのりゅうちゃんは私だけの物だった。だけど、りゅうちゃんは置いていった。二度も。そしてきっと、今回も。

「また、行くの？」

短く訊けば、りゅうちゃんはポケットの中から煙草を一本抜き取って火を点《つ》けた。ふう、っと煙を吐く。

「ああ。今度は長くなる」

そう言って、私の顔をちらりと見下ろす。視線が合うと、目元がそっと細められた。

「どこに、行くの」

りゅうちゃんはポケットから携帯灰皿を取り出して、灰を落とす。それからぼそりと、サキコの知らなくていいところ、と言った。

「私は子どもじゃない、もういいババアだよ。知らなくていいところなんて、ないよ」

ムキになった私にくつりと笑って、りゅうちゃんは煙草で前方を指した。歯医者って、あそこだろ。俺は外で待ってるから、行って来いよ。

「ねえ、りゅうちゃん。ちゃんと、いてくれる？」

歯科の扉を開ける前に訊くと、りゅうちゃんは笑って頷いた。まだ、行かねえよ。

「ちゃんと、待っててね」

治療の時間は、とても苦痛だった。りゅうちゃんが去って行く姿ばかりを想像して、私は差し歯なんてどうでもいいので帰りますと、二回も言いだしかけた。幸いにも歯はまた元通りに嵌ったのだけれど、確認もそこそこに、お金を払って歯科医院を飛び出した。りゅうちゃんは缶コーヒーを飲みながら待っていてくれた。私に気付いて片《かた》眉《まゆ》を上げてみせた顔を見た途端、喉《のど》の奥が熱くなった。

「終わったか。ちょっと笑ってみ」

愉快そうに言うりゅうちゃんに、思いっきり口角を持ち上げて笑ってみせる。りゅうちゃんは、おう、可愛くなったと言った。それから、辺りを見渡す。

「それにしても、この商店街も随分寂《さび》れたな。昔はもっと活気があったよなあ」

「ほら、あそこのショッピングセンター。あれが出来たからかな」

私の指した同じ方向を見ながら、八百清《やおせい》もなくなってたからびっくりしたとりゅうちゃんが呟く。あそこのオヤジ、良《い》い奴だったのになと缶をくしゃりと潰《つぶ》して、くずかごに放った。からんと音がした。

「去年亡くなったの。おじさん、よくりゅうちゃんのこと言ってたよ」

「どうせ、手の付けられないアホガキだったとか、そういうところだろ」

「そんなこと、言ってないよ」

あいつもいい加減、帰ってきたらいいのになあ。おじさんはいつもそう言っていた。もう、あいつが悪タレだったことなんて誰も覚えちゃいねえ。あいつのことなんて、誰も知っちゃいねえ。だからさあ、帰ってきたらいいのになあ、と。

だけど、またどこかへ行くというりゅうちゃんに伝える言葉じゃない。

「どうだかなあ。まあ、サキコには優しかったもんな。付き合うの止《や》めちまえ、なんてしょっちゅう説教してたよな」

「ふふ、そんなこともあったねえ」

りゅうちゃんが手を出してきたので、ぎゅっと握り返す。少し遠回りになるけど、商店街を抜けていいかと言われたので頷いた。私たちは手を繋《つな》いだまま商店街をゆっくりと歩いた。人通りの少ない道を並んで歩く。りゅうちゃんは、何か変な気分だと言った。

「昔は、こんな場所消えちまえと思うくらい、嫌な場所だったんだけどな」

「嫌な物が全部、廃《すた》れて消えちゃったんだよ」

永遠にある気がしてたけどな、とりゅうちゃんはぽとんと呟いた。私はその言葉を拾って、頷いた。永遠だと思ってたけど、びっくりするくらいあっさりと、なくなっちゃったよ。

シャッターの下りた店ばかりの道を歩く。昔、田舎の商店街には田舎中のひとがいて、みんな私たちを疎《うと》ましげに見た。素行の悪い児童養護施設の男の子と、親に捨てられた女の子が寄り添って歩く姿はいかがわしいと後ろ指を指された。私たちは、この街がとても嫌いだった。

私の祖母はとても大らかで優しくて、しかし私に一つだけ、破ることを許さない命令をした。それは、高校をちゃんと卒業すること。祖母は満足にひらがなも書けず、そのせいでとても苦労をしてきたひとだった。そして私の母というひとも、中学校を卒業しただけで勉強はてんで出来なかったらしい。

だから、だから幸喜子《さきこ》はちゃんと学校に行くんだよ。お勉強するんだよ。そしたら誰も馬鹿にしない。人様と同じくらい、幸せになれるんだよ。祖母の口癖だった。私は祖母との唯一《ゆいいつ》の約束を守るために学校を辞めることは許されなかった。だから、どんなに嫌でもこの街にいた。りゅうちゃんは、そんな私の傍に、いてくれた。

「お」

りゅうちゃんが短く声を上げて足を止めた。大きな窓ガラスの向こうにいたのは、まだ小さなウサギだった。その奥には、鳥籠《とりかご》のようなものが見える。掲げられた看板には魚や亀《かめ》の絵が描いてある。ペットショップのようだ。

「この店知ってるか？」

りゅうちゃんの問いに、首を横に振って答える。

「これだけ人がいなかったらすぐにも潰れちまうだろうな」

言うなり、りゅうちゃんはドアを開けた。動物特有の臭いがすぐに漂ってきた。よくこの通りを歩いておきながら店の存在すら知らなかった私も、物珍しさにりゅうちゃんの後に続いた。

奥のカウンターでは、膝《ひざ》に三毛猫を乗せたおばあさんが座っていた。ベージュのニット帽を深く被《かぶ》り、小型テレビを観《み》ている。二時間ドラマの、終盤のようだった。

「ばあさん、いつからこの店やってんだ」

「去年。孫の店で、あたしは留守番じゃけ、難しいことは聞かないどくれよ」

おばあさんはテレビの方を見たまま言う。りゅうちゃんは鼻で笑って、少し見せてくれな、と言った。おばあさんの代わりに、猫がびゃあと鳴いた。

この店は、爬虫類《はちゅうるい》とか魚がメインみたいだ。何羽かの鳥とウサギ、ハムスターの他は沢山の水槽で溢れていて、色んな魚や亀がいた。こぽこぽと気泡を上げる水槽を、りゅうちゃんは物珍しそうに眺めては、ほら見ろサキコ、綺麗だぞと言った。私は小さな水槽の横に書かれた説明書きをぼんやり眺めた。アフリカン・ランプアイ。カメルーン、ナイジェリア原産のメダカです。名前の通り、青く光る眼に特徴があって――。水槽の中には二匹の魚が泳いでいた。青く見える瞳《ひとみ》の綺麗な、とても小さな魚だった。私はそれを見ながらりゅうちゃんに言う。この魚、カメルーンが故郷なんだって。カメルーンってすごく遠いんでしょう。なのに、こんな小さな街の小さな水槽にいて、可哀相《かわいそう》だね。

そんなことねえよ、とりゅうちゃんは言った。どんな生き物だって、その場所に適応して生きていけるもんさ。現にこいつらは仲良く泳いでるじゃねえか。だけど私はそうだねとは言えなくて、じっと水槽を見つめた。

「ばあさん、この魚、くれ」

りゅうちゃんが言ったのは、突然だった。

「アフリカンなんとか。くれ」

「買ってどうするの、りゅうちゃん」

慌てて言うと、りゅうちゃんは胸元から財布を出しながら、お前が飼ってやれと言った。カメルーンじゃなくってもいい場所をサキコが作ってやれ。

「だって私、水槽とか持ってない。金魚鉢くらいしか」

「それでいいだろ。だって所詮《しょせん》メダカだぞ」

小さなタモを持って来たおばあさんが、縁日でよく見るようなビニール袋に魚を二匹入れる。そうしながら、六百四十八円、と言った。りゅうちゃんは千円札を数枚出して、釣りはいらんから適当な餌《えさ》を寄越せと言った。おばあさんが持って来た箱には、グッピーのごはんと書いてあった。魚の食いつきがよく、水も汚しません。蛍光グリーンの字で大きく書いてあった。

「りゅうちゃん、私、魚なんてお世話したことない」

「大丈夫だ。サキコは俺の世話も出来たから」

店を出るとき、私の手には水でぷっくりと膨らんだビニール袋と、一箱のグッピーのごはんがあった。ちゃぷちゃぷと揺れる小さな水面を見ながら歩く。メダカたちは小さな小さなヒレを動かしながら、泳いでいる。りゅうちゃんは空いた方の手をしっかりと繋いでくれた。

息苦しくないかな、と私は言う。握られた手がピクリと動いた。

「こんな狭いところに閉じ込められて、息苦しくないかな」

りゅうちゃんは少し口を噤《つぐ》んだ後、どうかなと言った。

「カメルーンだかの川に比べりゃ、そりゃ少しは調子も崩すだろう」

「そんなの、可哀相だよね。ねえ、この子たち、逃がしてあげようか」

　この先の川にはいまもメダカが住んでるって聞いたことがあるし、きっとのびのび生きていけるだろう。そう考えた私に、りゅうちゃんはダメだと切り捨てる。

「ダメだ。メダカにも種類があって、こいつらはきっといじめられて、死んじまう」

「死んじゃうの？　同じメダカなのに？」

「ああ。だって、そうだろう」

　りゅうちゃんはいつのまにか煙草に火を点けていて、ふうっと煙を吐いた。

「だけど、どうかな。逃がすのも、いいのかもな。必死にヒレを動かして、餌を求めてたら生きのびれるかもしれないな」

「逃がしちゃおうか」

　私たちは小さな川の前に出た。田んぼの用水路としての役目もある川だけれど、思っていたよりも汚い。水草の間にお菓子の空き袋が浮いているのを見て、手にしていたビニール袋の紐《ひも》を強く握る。こんな所にメダカがいるはずない。だけどりゅうちゃんは、水面を見て逃がそうと言った。

「生きていけるかどうかは、こいつら次第だ」

　私は袋の口を開けて、でも逃がすのを躊躇《ためら》った。

「やれ。サキコ」

りゅうちゃんが一際《ひときわ》強く言う。しかし、メダカを川に放とうとした私を止めたのも、りゅうちゃんだった。

「いや、やめろ、連れて帰れ」

「え？　だって、りゅうちゃんが逃がせって」

「二匹しかいねえんだ。楽な場所はいくらでもある。生かしてやれ」

袋を抱えて、頷いた。

家に帰りついて、私は押入れの奥に仕舞っておいた金魚鉢にランプアイを放った。二匹はゆらゆらと泳ぎ始めた。それはとても心地よさそうに見えて、ほっとする。やっぱり連れて帰ってよかったと思う。あえて居心地の悪い場所に置く意味なんてない。

その間にりゅうちゃんは祖母の仏壇にお参りをしていた。お茶を入れて仏間に行くと、ひとしきり手を合わせてお祈りをしたりゅうちゃんは室内を見渡して、独り暮らしじゃないのかと私に訊いた。

「うん。一緒に暮らしてるひとがいる。もうちょっとしたら、帰って来る」

りゅうちゃんは目を見開いて、知らなかったと言った。祖母の死んだことすらすぐに知った彼のことだから、きっと私の同居人も知っているだろうと思っていた私は、とても驚いた。だって、啓太との付き合いはとても長いのだ。

「じゃあ、行くよ、俺。気まずいし」

「会って行ってよ。啓太も喜ぶと思う」

「やっぱり男か。そいつに俺はなんて言うんだよ」

「お父さんだよって」

立ち上がりかけたりゅうちゃんが動きを止めた。ありえないものを見るような目で私を見る。私は、もう十二年も前から知っている事実を当たり前に言った。

「啓太は、りゅうちゃんの子どもだよ。もうすぐ、十二歳になる」

私はりゅうちゃんにへらっと笑ってみせた。もしかしたらおばあちゃんの生まれ変わりかもねえ。あのときの子どもだから。

りゅうちゃんは膝から崩れ落ちて、顔を覆《おお》った。それから、指の隙間から搾《しぼ》りだすようにして、言った。俺、お前を置いていったんだぞ。何、してるんだよ。だって、私はりゅうちゃんが好きだもん。りゅうちゃんの残してくれたものを捨てるなんてしないよ。だからって、産むなよ。こんなところで、ひとりきりで。私は、りゅうちゃんの前に座って、手を取った。昔に、私の前歯を折った方の手だ。それを頬に当てて、私、やっと分かったのと言った。

「ババアになって、やっと分かったんだ。りゅうちゃんは、ここで必死にヒレを動かして、生きてくれた。私の為《ため》に、苦しいのに一所懸命ヒレを動かしてた。この拳は、りゅうちゃんのヒレだったんだよね」

節くれだった手はほんのりと温かかった。

「りゅうちゃんが生きていく為にヒレを動かしたら、私が傷ついた。りゅうちゃんはあのときからずっと、辛《つら》かったんだよね。分かんなくてごめんね」

だから、りゅうちゃんはここから逃げた。私はそれを責められない。りゅうちゃんをここに縛ったのも、逃がしたのも、全部私のせいだ。

「また、りゅうちゃんを苦しめるかもしれないって思った。でも私、りゅうちゃんが残してくれたものを捨てたり出来なかった。私、りゅうちゃんが好きだもん」

ずっとずっと、好きだもん。りゅうちゃんがここでどれだけ生き苦しそうにしていても、傍にいて欲しかった。同じ水の中にいれば、私は幸せに泳いでいられたの。

そう言う私を、りゅうちゃんは黙って抱きしめた。そして、ごめんなと言った。ごめんな、俺、行かなきゃならないんだ。私は頷いた。いいの、だから、また会いに来て。ここだけでも、息がしやすいようにしておくから。

フルーツガムの匂いのしない胸元で、私は少しだけ泣いた。それから、甘い匂いのしないキスをした。

そしてりゅうちゃんは、啓太が帰って来る前に、去って行った。

「さっちゃん。ひいばあちゃんの仏壇に、こんなんあったけど」

翌朝、居間でお茶を飲んでいると啓太がいつかに見た封筒と同じものを持って来た。中を覗《のぞ》くと、やっぱり同じようにたくさんのお金が入っていた。いや、あのときよりももっと多いかもしれない。

「うわ。何だよこれ。さっちゃん、もしかしてヤバいことしたの」

「私はしてない。これは啓太の、お父さんがくれたの。でも、使わない方がいいのかなあ」

「は？　俺にオヤジいたの」

酷く驚いたように言う啓太に笑う。私が一人で細胞分裂して啓太が生まれたのなら、啓太はもっと馬鹿なはずだよとおどけてみせた。

「誤魔化すなよ。何だよ。俺、てっきり死んでるものとばかり」

「生きてるよ。次にいつ会えるかは、分かんないなあ」

何だよそれ、と啓太は地団太を踏んだ。生きてるなら、顔くらい見てみたいぞ。

「きっと会えるよ。多分、いつか」
　昨日食べ損ねた団子を齧る。レンジで温め直したそれはとても甘くて美味《おい》しい。あ
あ、昨日焼き立てを食べられていたらなと思った。
「ちょっと待って、さっちゃん。いま、私はしてないって言ってたよね。ね？　てこ
とは、俺のオヤジ殿がヤバいことをしてるってこと？」
「知らない。多分、してない？」
「いやいや、してない？　じゃねえよ。これさあ、俺、オヤジは死んだって思ってた
方がいいんじゃないの」
「ねえ、啓太。インターネットで調べて欲しいことがあるの。玄関に置いてある金魚
鉢の中の魚を上手に飼うにはどうしたらいいのかって」
「は？　俺、いまはそんな話してない。ヤバいことってなんだよ」
「カメルーンの魚が、ここで元気に生きて行けたらって思うの」
りゅうちゃんと一緒に見た青い瞳を思いだしながら言うと啓太がため息を吐《つ》いた。
「さっきの話は、きかないでおくよ。さっちゃんが普通の親とは違うって俺も分かる
し、そんなさっちゃんの相手がまともだって、思ってない」
「あ。そういう言い方しない。とってもいいひとだよ。私の事を大切にしてるから、

いなくなったひとなの」

何だよそれ。ため息を吐きながら啓太は玄関に走って行ったかと思えば、すぐに戻ってきた。そして、少しだけ哀《かな》しそうに言った。さっちゃん、一匹、死んでたよ。

私はお茶を啜《すす》りながら、そう、と言った。舌先で前歯をなぞったら、そこにはぴっちりと歯が並んでいた。

夜空に泳ぐチョコレートグラミー

夏休みに入るちょっと前、近松晴子《ちかまつはるこ》が孵化《ふか》した。

晴子はこぢんまりとした、とても大人しい子だ。真っ黒なヘルメットのようなおかっぱ頭で、顔はどことなくリスに似ている。声を上げてはしゃぐことはないし、授業で発言することも滅多にない。喋《しゃべ》っても、口をほとんど動かさずにそうっと声を出す。俺は小学校のときから晴子のことを知っているけど、どんな声だったか思い出すまでに少し時間がかかってしまう。

そんな晴子だけど、あの日はちょうかっこよく俺の目を奪った。正しいいじめの回避として、晴子のは間違いなく正解のひとつだった。高慢ちきな田岡《たおか》の心はバッキリと折れたし、もう二度と晴子の家族を馬鹿《ばか》にできない。あれ以降、田岡のクラス内の位置、田岡流に言えばカーストは一番下に急降下した。それはそうだ。中学校一年生にもなって教室内でおもらし、しかもそれが自分より一回り以上体の小さな女子のせいでなんて、どうしようもなくダサい。

夏休みに突入してから、何度もあのときのことを思い出しては、俺はひとりでこっそり笑っている。宿題をやっているときとか、風呂《ふろ》に浸《つ》かっているときとか。そして、この休み限定で始めた、新聞配達のバイト中とか。

子どもがお金を稼ごうと思ったら、とてつもなく大変だ。俺は中学校に入学してすぐに自分でもできるバイトを調べ、先生を説得するべく動いた。夏休みの自由研究の題材にするんだとか、社会勉強だとか偉そうなことを言ってみたし、自立について考えてみたいと熱弁も振るった。母子家庭だから親の助けになりたいと情に訴えかけてもみた。勉学に支障をきたすと言われないために、期末テストでは学年三位という数字を叩《たた》き出した。

労働意欲って本来は褒められるべきだと思うのに、子どもってだけで否定的になるのが納得がいかない。僅《わず》か四十日足らず、その中の一日三時間ほどを労働に割り振る為《ため》の許可をもぎ取るまでに、様々な難関があった。しかし俺は最終的に勝利した。そしていま、晴れて労働に勤《いそ》しんでいるわけだ。

俺の住んでいるところは、大きな街から四駅ほど離れた面白味のない小さな町だ。社会科で習った、ベッドタウンっていうやつ。住宅地が開発されて、大きめのショッピングセンターや何やかやができ始めて、それによって人口が増えたのはここ十年ちょっとの話。俺が生まれる前までは山と田んぼしかないスタンダード田舎っていうような場所だったらしい。そんな町の一角、駅を見下ろす南山手エリアの夕刊を、俺は担当している。小高い山の裾野《すその》に沿ってトウモロコシの実のように家が立ち並んでいる場所を、自転車で配達して回る。初日の夜はふくらはぎがパンパンに張って眠れなかったけど、それも一週間くらいで慣れた。

「——今日も精がでるねえ。ほら、飲んでお行きなさいな」

「ありがとうございます！」

バイトを始めて、十日が過ぎた。中学生の新聞配達員という物珍しさもあってか、顔を覚えてくれたひとは多い。その中でも何人かは、わざわざ時間を見計らって冷たい飲み物を用意してくれるようになった。

「本当に偉い子ねえ。息子たちにも言ったのよ、いまどきこんな真面目《まじめ》ないい子はちょっといないわよって。若い内から労働を知るっていいことよ」

「はあ、どうも」

炎天下でペダルを漕《こ》ぎまくって汗だくなので好意はありがたく頂くわけだけど、その度に褒められるのには辟易《へきえき》してしまう。子どもが働く姿に感動を覚えるひとは一定数いるということを、俺はこのバイトで知った。子どもの労働を良しとしない考えと、美とする考えが大人にはある。これって本当に自由研究のテーマになるかもしれないって思っている。まさに、一石二鳥。

「何だよ、ばあちゃんイチオシの中学生新聞配達員って、啓太《けいた》かよ」

玄関先で冷茶をがぶ飲みしていると聞いたような声がして、見てみれば廊下の奥にクラスメイトの巌《いわお》が立っていた。巌は小学校から同じだけど、あまり話したことがない。ここが巌の家だなんて、知らなかった。

「やあ、久しぶり。元気そうだね、巌」

「お前の方がな。顔、すげえ真っ黒じゃん。健康的っつーか、もうキモい域だし」

ゲラゲラと笑う巌の向こうから、ゲームの音と冷えた空気がひたひたと流れ出てくる。巌は笑顔のまま、お前んちってそんなに金がねえの？　と言った。俺にお茶を出してくれたおばあさんがそれを叱《しか》るように声を上げる。一瞬腹の奥でちりりとした痛みを覚えたけれど、俺は普通の顔をして頷《うなず》いた。そんなに裕福ではないね、母さんひとりの稼ぎで生活してるわけだし。

「夏休み返上で働かなきゃいけないなんて、母子家庭は大変だよなあ」

「大した拘束時間じゃないよ。それに、別に大変でもない」

まあぁ、と小さく声を漏らしたおばあさんが、孫から俺に視線を戻す。その目を見て、途端にうんざりしてしまう。これまでに何度となく遭遇してきた、俺が一番嫌いなやつだ。さっきまでの勤労少年を見るそれと少し似ていて、けれど決定的に違う色。

大人って、本当に不思議だ。親が片方いないってそれだけのことが、どうして哀れみに繋《つな》がるんだろう。こんなに健《すこ》やかに成長しているのを見れば、不憫《ふびん》な存在じゃないことなんてすぐに分かるじゃないか。

おばあさんは俺の腕をぐっと摑《つか》んで、口調を強くした。

「お母さんは、子どもをこんな小さい内から働かせることをどう考えてるの？　学校の先生方はどうして許可を出したの？」

ああ、そっちに飛び火しちゃうわけね。さっき自分が口にした台詞《せりふ》、覚えてないのかよ。

「もちろん母は子どもにはまだ早いって反対しましたけど、俺が自分の成長のためにやりたいって言い張ったんです。自立を目指すことに、早い遅いがあるとは思いません。それに夏休みの自由研究の為でもあるし、先生方もそれを理解してくれました。せっかくの機会だから見聞を広めるようにって言われました」

許可をもぎ取るために方便を駆使したお蔭《かげ》で、すらすらと言葉が口をついて出る。

しかしおばあさんは眉間《みけん》に皺《しわ》を刻んだまま鼻を鳴らした。

「可哀相《かわいそう》に。そんな風に言わされてるのね」

さっきまでうつくしいと称賛されていたものは、彼女の中で憐《あわ》れな強制労働に変わった。その変わり身の早さに思わず笑ってしまう。同情なんて必要ないから、安易に偏見を口にする孫の教育にでも熱を注げよ、と腹の中で思う。いやでも、こんなひとだからこそ、孫の厳があんな風に育つのか。相変わらずヘラヘラした厳の顔をちらりと見た。

「じゃ、ごちそうさまでした。次行かなきゃだから、これで失礼します！　じゃあね、厳」

早口で言い、玄関を出る。夕暮れどきとは思えない熱がすぐさま汗を誘う。焼けた鉄板のような熱さのサドルに跨《また》がると、厳がおーいおーいと追いかけてきた。

「どうしたの、厳」

「いやいや、あのさ、近松晴子！　お前、晴子の家にも行ってたりすんの？」

思いもよらぬ名前が出て、思わずあっさりと頷いてしまう。厳がにたりと笑う。

「マジかー。あのさ、晴子の家っていまヤバいらしいけど、どうよ？」

小太りの厳はさっきまで涼しい部屋にいたくせに、もう鼻の頭が濡《ぬ》れている。染《し》み出た脂《あぶら》のようなそれを見ながら、どうよって何、と訊き返す。田岡とのことなら、喧《けん》嘩《か》両成敗って扱いになったって聞いたけど。

「そっちじゃねえよ。烈子《れつこ》ばあさんの方。おかしくなったらしいんだよ、ココが」

巌は右手の親指で、自分のこめかみの辺りをつついてみせる。頭、と呟《つぶや》くともったいぶって頷いた。

「先月のことらしいんだけどさ、真夜中に叫びながらうろついてたんだってよ」

「へえ……、それって徘徊《はいかい》ってやつ？」

「それ！　晴子と父ちゃんが慌《あわ》てて連れて帰ってたらしいんだけど、暴れて大変そうだったって。これって、ヤバくね？　烈子ばあさん、ボケてんだよきっと。次は、鎌《かま》振り回すかもしれなくね？」

巌がヒッヒッと引き笑いを起こす。十一年前の悪夢、再来ってやつだよな。今度こそ、猟奇的殺人事件確定。

「止《や》めときなよ、そういう風に言うの。田岡みたいでダサい。それに、先生にバレたら問題になる」

耳にこびりつくような笑い声にイラッとする。クラスメイトの家の事情を面白おかしく話すことを禁ずるという書面が配布されたのは、終業式の日のことだった。

巌は鼻で笑い、田岡は馬鹿だよなあと言う。

「泣き虫晴子に負けるくらい弱いくせに調子に乗ってさ。あいつ、いまほとんど家から出てこないらしいぜ」

「田岡は、自業自得《じごうじとく》だと思う。ていうか、本当にそういう低能な発言止めろって。ダサいってさっきから言ってんじゃん」

話す気も失《う》せて、ペダルを踏み込む。低能じゃねえし！　ふざけんな！　と巌の怒鳴り声がする。もちろん無視しながら、ひとつ給水所が減ったなと思った。

晴子の祖母は烈子さんといって、小学校ではちょっとした有名人だった。八十を越した年寄りなのに身長が百七十センチもあって、肩幅が広くてがっしりした体つきをしている。若いころ、何かの競技で国体に出たことがあるらしいけど、俺は短距離走だと睨《にら》んでいる。定規を添えているみたいに背筋が伸びていて、肌は照り焼きチキンみたいにてらてらと艶《つや》がある。遠目から見ても異様なオーラを纏《まと》っているひとだ。烈子さんはたったひとりの孫である晴子を溺愛《できあい》していて、朝夕必ず校門まで送迎に来る──烈子さんは免許を持っていない。誰かが晴子にちょっかいをかけたり泣かしたりしようものなら火を噴くように怒り、追いかけてくる。老体とは思えないほど足が速くて、逃げきれた者はひとりとしていなかった。首根っこを押さえつけ、泣くまで叱りつける烈子さんは、俺たちにとって恐怖の対象だった。

中学に進学してからも、烈子さんは変わらず送迎をした。帰りのチャイムが鳴ると、校門の前にはもう烈子さんが立っている。同じ小学校だった俺たちには当たり前の光景だけど、他校出身の奴《やつ》の目には異様に映ったらしい。過保護だとか気持ち悪いだとかさんざん騒ぎ立て、そんな祖母にべったりくっついていた晴子を馬鹿にし、笑った。

そしてそいつらは、町の底に沈み込んでいた過去まで掘り起こした。

「あのばあさん、殺人未遂犯なんだってな。鎌持って近松の母ちゃんを追いかけ回して、挙句に追い出したんだろ。そんなのが毎日校門に立ってるなんて、怖いんだけど」

烈子さんは、十一年前に事件を起こしていた。いや、事件と呼ぶほどでもないかもしれないけど、まだ拓《ひら》けていない田舎町でパトカー三台、救急車二台を出動させる騒ぎにはなった。ことの起こりは、嫁と姑《しゅうとめ》の諍《いさか》いであるらしい。烈子さんは草刈り鎌を持ち、お前など実家に帰ってしまえと嫁を追い回した。ふたりは町唯一《ゆいいつ》の繁華街であった商店街で盛大な追走劇を繰り広げ、その先にある駅で野次馬の群がる中、警察に捕縛された。

結果として烈子さんは逮捕されなかったから、色んな事情があったんじゃないかと思う。ただ、晴子の母親はこの町を出て行ったまま帰って来ていないし、晴子は烈子さんと父と、いまもこの町で暮らしている。

遠い昔の話だ。俺たちはまだ赤ん坊で、クラスの半分はこの町に住んでさえいなかった。この事件はニュースで取り上げられはしなかったから、大人でも知らないひとはいる。それなのにいま、近松家のお家騒動を知らない中学生はいない。少なくとも、俺たちの学年では。

ツタンカーメンの墓を発見したハワード・カーター気取りでこの話を触れ回ったのは田岡。もちろん、他校出身だ。門の前に立ち、孫娘を待っているだけの老婆《ろうば》の存在を驚異のモンスターに仕上げたあいつは、執拗《しつよう》だった。

誰よりも熱心に、そうすることが義務とばかりに、晴子に絡《から》んでいった。

なあ近松、いい加減ばあさんに来るなって言えよ。あのばあさん、気持ち悪くて不快なんだよ。なあ、分かってるのかよ、近松。

なあ近松。この間、お前のばあさんに怒鳴られたんだぞ。晴子をいじめるなって。オレはみんなのために言ってやってるんだよ。分かんねえの？

晴子は田岡が寄って来ると、いつも目を閉じて俯《うつむ》いた。田岡がどれだけ酷《ひど》い言葉を投げつけても、否定も肯定もしない。泣きもせず、怒りもしない。何も起きてないとばかりに、無反応になる。

それは全く、小学校のときから何も変わらない、いつもの晴子の姿だった。晴子は嫌なことがあると、すっと自分の殻に籠《こ》もる。そして、校門の前にいる烈子さんの陰に隠れてからようやく泣くのだ。烈子さんは大きな体で晴子をぎゅっと抱きしめて、殻の中に溜《た》まっていた涙を全部受け止めて、その量だけ代わりに怒った。何年もそれを見てきた俺には、当たり前のいつものことだった。

だからあの日、晴子が田岡に殴りかかって行ったとき、俺はめちゃくちゃ驚いた。そしてそれと同時に、停滞し続ける問題を認め、自らぶち壊しに行った姿に感動してもいた。それはまさに孵化のようで、お前そんなことできたんじゃん、って。

でも思い返せば、その日に烈子さんが校門前にいた記憶がない。というより、その前から烈子さんの姿を見掛けた覚えがない。いつから彼女はいなかったんだろう。あまりにも風景に溶け込みすぎていて、見落としていた。

考えを巡らせている間に、晴子の家に着いた。純和風の建物で、俺の肩より少し高めの門扉《もんぴ》がある。門の脇《わき》に郵便受けがあって、いつもそこに新聞を入れるのだけど、近松家の住人に会ったことは一度もなかった。偶々《たまたま》だと思っていたけど、もしかして何かあってのことだったんじゃないのか。厳の言葉と、校門前に佇《たたず》んでいた烈子さんの姿がぐるぐる回る。

首に掛けたタオルで汗を拭《ぬぐ》い、目の前の家を見上げる。いっそ呼び出しベルを押してみようか。でも、何て言うんだ。烈子さんについて訊《き》きに家を訪ねるほど、俺と晴子は親しくない。

「何してるの、啓太くん」

不意に声がかかってびくりとする。振り向けば、晴子が立っていた。白いTシャツにデニムスカート。黄色のサンダルを履いて、片手にスーパーの買い物袋を提げている。

「うちに、何か用？」

「あ、これ！　夕刊！」

慌てて新聞を差し出す。空いた方の手で受け取った晴子は、不思議そうに首を傾《かし》げた。

俺、夏休み限定で新聞配達のバイトしてるんだ。夕刊だけなんだけど、このエリア担当。学校から許可貰《もら》わなくちゃいけなくて、これがもう大変だった。最後はゴネてもぎ取れた感じ。この夏は稼ぐぜ！　そんなことを捲《まく》し立てるように言って、余計なことを言い過ぎたとすぐに悔やむ。

だけど晴子は真面目な顔をして聞き、深く頷いた。啓太くんは、泳いでるんだね。

独り言のように言葉を落とした晴子に、首を傾げる。泳いでるって、何だ。ここで
いきなりプールの話？　問い返す前に、晴子が背中を向ける。

「お仕事ごくろうさまです。じゃあね」

晴子が門に手を掛ける。

「あの、晴子！」

Tシャツの袖《そで》から伸びた白い腕が門を押し開けようとぐっと力を入れた瞬間に、思わず声をかけていた。晴子がおかっぱ頭を揺らして振り返る。

「まだ、何かあるの？」

「烈子ばあちゃん、具合悪いの？」

訊くと、表情がごそっと消えた。返事もせず、門の向こうに去ろうとする。逃がすまいと肩を摑んで、同じ質問をした。晴子が乱暴に振り払う。小さな手のひらに打たれて、バチンと音がした。

「止めて！　啓太くんには関係ないじゃない！」

晴子が叫んで、それからはっとしたように顔を強張《こわば》らせる。

「あ……ご、ごめんなさ……」

俺は痛みでじんじんする手を眺めて、それから笑った。

「はは、すげえ晴子。何か、こないだから別人みたいだ」

俺の知っている晴子と、全然違う。晴子は誰かを叩くなんてできないし、大きな声だって出さない。止めて、とか絶対言えない。

「何だよー、晴子。ちょうかっこいくなってるじゃん。どうしたんだよ」

烈子さんの陰でしか泣けなかった晴子と同一人物だとは思えない。ケラケラ笑う俺に、晴子は変なものでも見るような目を向けてきた。

「怒らないの、啓太くん」

「何で。いいことじゃん」

自転車に体を預けて、晴子を見る。おどおどと見返してくる様子は昔のままなのに、中身ははっきり変わっている。

「俺は、そっちの方が断然いいと思う。五年生のときの月次目標覚えてる？　ちゃんと自分の意見を言うってやつ。いまの晴子なら、余裕でクリアできるよ」

一日三回、手を挙げて自分の意見を言う。これが俺たち生徒に課せられたノルマだった。晴子は全然達成できなくて、ある日の帰りの会でつるし上げられた。五十を過ぎた女性担任は、どうしたら晴子が自発的に発言できるようになるか、なんてことを、みんなに議論させた。

「……何でそんなこと覚えてるの」

「そりゃあ、あれだけ騒ぎになれば」

その日の帰り、晴子は校門前にいた烈子さんの前で激しく泣きだし、烈子さんはその勢いのまま職員室に乗り込んでいった。あなたのしたことは教育じゃない。子どものいじめを助長させるだけだ、と怒鳴りながら。もし晴子が今日のことが原因で登校拒否を起こしたら、あなたは責任が取れますか？　ちゃんとクラスに戻せますか？　そう迫る烈子さんは担任を押し黙らせ、ついには校長までもが出てくる大問題になった。あのときの担任はその後ずっと、晴子を腫物《はれもの》扱いし続けた。

「啓太くんって、記憶力いいんだね」

晴子が嫌な顔をしたけど、にかりと笑ってみせる。

「学年三位の頭、なめんな。でさ、烈子ばあちゃんの具合悪いの。大丈夫？」

懲《こ》りずに訊くと、晴子が呆《あき》れたように肩で大きく息を吐いた。

「言いたくない。もういいでしょ、じゃあね」

くるりと背中を向けた晴子に、慌てる。

「あーっと、あのさ、俺、すげえ喉《のど》渇いてるんだ。何か、飲ませてくんない？」

言っておいて、何でこんなに晴子を引き留めてるんだと思う。家庭の事情にずかずか踏み込む趣味なんてないのに。しかも、スポーツドリンクなら自転車のホルダーに刺さってる。ダサい引き留め方だ。

だけど、振り返った晴子は戸惑った顔をした後、白い歯を零《こぼ》して少しだけ笑った。滅多に見ることのない笑みは、新鮮に映った。

「仕方ないなあ。入って。麦茶くらいなら、出すよ」

晴子は玄関まで俺を招き入れてくれた。きちんと手入れされた家特有の、しんとした空気が横たわっている。吸い込んだら少しひんやりしていて、晴子の匂《にお》いがした。

「あ、うわ……」

来訪者を出迎えるように置かれたものに、俺の瞳《ひとみ》は一気に奪われた。

畳半畳くらいありそうな大きな水槽が廊下の先に設置されていたのだ。鮮やかな緑色をした水草が豊かに茂り、ライトを受けて栗色《くりいろ》に輝く魚が優雅に泳いでいる。白い縞《しま》模様が入った、小さな魚だ。こぽこぽと規則的に水泡が生まれ、水面に弾《はじ》けて消える。

「近くで見ていい？」

思わず訊くと、晴子が頷いた。靴を脱ぐのももどかしく、家の中に入る。膝《ひざ》を曲げて目線を合わせれば、異世界のような光景が広がった。

「お茶、どうぞ」

夢中になって見ていると、晴子がお盆を持ってやって来た。汗をかいたガラスのコップには、氷がたくさん浮いた麦茶がなみなみと入っている。それを一息に飲みながらも、視線はミニチュアの海に奪われたままだ。

「ありがとう。すげえね、この水槽」

「おばあちゃんの、趣味。色々教えてもらって、いまはあたしがお世話してるの」

まじか。烈子さんなら、土佐犬辺りを飼っていて欲しかった。

「啓太くん、魚が好きなのね」

「うん。一応、俺も飼ってるし」

小さな金魚鉢に、メダカがたった一匹しかいないけど。そんなことを頭の中で付け足す。晴子はふうんと短く答えて、詳しく訊いてこなかった。

「この魚は、何ていうの？ 綺麗《きれい》だね」

晴子が水槽を撫《な》でる。

「チョコレートグラミーっていう、熱帯魚」

「へえ、旨《うま》そうな名前」

「ミルクチョコレートみたいな色だから、それが由来なのかな。この魚ね、あたしに似てるの」

細い指がガラスを辿《たど》る。何気なく見ると、手の甲に薄い痣《あざ》が広がっていた。

それって田岡のときの、と言うと晴子の眉尻《まゆじり》がぐっと下がる。痣を隠すように背中に回した。

「こないだまで腫れてて、ずっと湿布貼《は》ってたの。こんなになるなんて、思わなかった」

「そりゃあ、あれだけ殴ればね」

あのとき、反応のない晴子に業《ごう》を煮やしたのか、顔を覗《のぞ》きこんだ田岡の鼻っ柱を、晴子はいきなり全力で殴りつけた。ごりっと鈍い音がして、ひょろ長い田岡の体が倒れる。パァッと鼻血が舞って、女子の数人が悲鳴を上げた。その声をかき消すようにして『あたしの家族を悪く言うなぁぁっ！』と甲高い絶叫がする。あれが晴子の声だと瞬時に判断できた奴は、いなかったんじゃないだろうか。椅子《いす》を蹴《け》って立ち上がった晴子は、大量の鼻血に動揺して唸《うな》る田岡に馬乗りになり、頰に拳《こぶし》を叩きつけた。『あたしは、負けない！　こんなの、怖くない！』殴りながら、晴子は目を真っ赤にして泣いていた。小さな拳は何度も田岡の顔に振り落とされ、鈍い音が響く。

誰も、それを止められなかった。欠片《かけら》も想像しなかったありえない状況に、対応できなかったのだ。そんなとき、傍観者のひとりが悲鳴を上げる。顔を血塗《ちまみ》れにした田岡は、泣きじゃくりながら失禁していた。艶をなくしたリノリウムの床に、じわじわと生温《なまぬる》い水が広がっていった。

「あたしを止めてくれたのが啓太くんだったよね。もういいだろって」

晴子の手を止めたのは、俺だった。手首を摑んだら、痙攣《けいれん》しているみたいに震えていた。手のひらに、その感覚がまだ残っている。

「あのさ、晴子。どうしてキレたの」

訊くと、晴子は感情の窺《うかが》えない顔で俺を見た。水槽のライトを浴びた瞳がキラキラしている。唇がゆっくり動く。

「だって、そうしないと生きていけないと思ったから」

晴子がそうっと喋るのは烈子さんの教えだと、昔誰かから聞いた。大事なことほど、頭の中で何度も考えてから舌に乗せなさい。言葉を大切にしなさいと言われたから、晴子はその通りにしているんだ、と。あのときも、晴子は頭の中で言葉を吟味したんだろうか。そして、いまも。

ふと、室内を見渡す。広い家の中には、俺たちふたり以外の気配はない。遠くに蟬《せみ》の鳴き声が、近くは水槽のポンプの音だけが、ゆるりと囲うように響いている。

「烈子ばあちゃん、いないのはどうして？」

小さなころから馴染《なじ》んだあのオーラの、欠片すら見つけられない。

晴子がふっと小さく息を吐く。

「啓太くんがこんなに知りたがりだなんて思わなかった。じゃあ、あたしからも、質問」

「何だよ」

「啓太くんのその変化の理由は何？」

晴子のくるりとした丸い目が、俺を真《ま》っ直《す》ぐに見上げてくる。思っていたよりも大きな右目の下に、小さな黒子《ほくろ》があるのが見えた。

「啓太くんも、何だか変わった。もっと周りに無関心だったし、先生たちを説得してまでバイトをするような積極さもなかったよね」

まさか言い返されるなんて思っていなくて、目を見開いた。口も、だらしなくぽかんと開けてしまう。晴子が、俺のことをそんな風に見ていたなんて想像もしなかった。自分の殻の中だけを見て生きてると、思いこんでいた。

「アルバイトを始めた理由は何？」

晴子の声には、下手な嘘《うそ》など見通してしまうような強さがあった。これは本当に俺の知ってる晴子の延長線上なのか。言葉を失う。

しかし晴子は本気で俺から回答を引き出すつもりはなかったらしい。押し黙っていると、僅かに微笑《ほほえ》んだ。

「お茶飲んだら、帰ってね。あたし、お夕飯の支度をしなくちゃいけないの」

そう言って、背を向けた。音もなく奥へ消え入ろうとして、くるりと振り返る。薄《うす》闇《やみ》を背にして言う。

「啓太くんが理由を教えてくれたら、あたしも教えるね。コップ、その辺りに置いてくれてたらいいから」

今度こそ消えて行く小さな背中。コップの中の氷が小さく音を立てて崩れた。

登校日は、朝から激しい雨が降っていた。

雨粒が地面を荒々しく打ち、水気を含んだ生温い空気がじっとりと肌を包む。通気性の悪い制服のシャツが張り付いて、不快指数を上げる。天気予報によれば、この雨は今日の夜更《よふ》けまで続くらしい。ということは、この最高に最低な天候の中、新聞を配って回らないといけないわけで、気分が滅入《めい》る。

しかし、先輩たちが語りつくした話題だろうが、登校日って何のためにあるんだろう。終業式とほぼ同じ説教を聞き流す数時間に、意義を見いだせない。

下手にサボってバイトを取り消されたくないので雨に濡れつつ登校した俺だったが、時間経過と共に膨れていく苛立《いらだ》ちのやり場を探していた。

妙にベタついた椅子も机も、重たい空気を無駄に掻《か》き回すだけの空調ファンも不快だ。久しぶりー、だなんて手を取り合って喜んでいる女子の姿もムカつく。前髪切ったとか、太った痩《や》せたとか、どうでもいい。携帯買ってもらったとか、もっとどうでもいい。

苛立ちの理由は、本当は分かっている。どうしようもなくて、当り散らしたくなっているだけだ。

昨日の夜、母親――さっちゃんが泣いた。泣いていたのを、見てしまった。俺が寝ていると思っていたのだろう、居間にひとりいたさっちゃんは幾つかの写真を見ながら泣いていた。ぐずぐずと鼻水を啜《すす》るさっちゃんの傍らにはたくさんの書類が積まれていて、それはここ半年ほど続いている俺とさっちゃんの喧嘩の原因だった。

襖《ふすま》の隙間《すきま》から、それを黙って見つめた。

こんな場面を目撃したのは、何度目かになる。だけど、何度見ても慣れずに大きな衝撃を受けてしまう。さっちゃんは俺には絶対に見せない表情をしていて、俺の知っているさっちゃんはごく一部でしかないんだと知らしめてくる。ずっと母子ふたりきりで、頼りないさっちゃんは俺がいないと困ることが多くて、だから何でも一人前にこなせるようなつもりになっていた俺に、現実を突き付けてくるのだ。お前はまだ、頼りない子どもにしか過ぎないのだと。

襖を開けてどうしたのと言えば、さっちゃんの涙は止まるだろう。でも、それは一時的なものでしかなくて、俺ではどうやっても埋められない空洞がある。さっちゃんは俺のいないときに新しい涙を流すだけだ。そんなことを考えて、哀《かな》しくなる。

薄っぺらい襖一枚を挟んで、なす術《すべ》もないままその場に立ち尽くした。

「おはよう、啓太！」

バン、と背中を乱暴に叩かれてびくりとする。我に返って振り返ると、友達の洋平《ようへい》が人の良さそうな笑みを浮かべていた。色白の洋平は俺の腕を見ながら、すっげえと羨《うらや》む。

「ちょっと見ない間に、日に焼けて引き締まって見える。実際がっしりしてるし、筋肉ついた？」

「そんなことないよ、まだ半月くらいだしさ」

「すげえよ、啓太。夏休み明けにはムキムキだな！　かっこいいよなあ」

洋平の手放しの褒め言葉に、少しだけ顔がにやけてしまう。頭の中を渦巻いていた重たい感情が静まり、心の奥底に沈んで束《つか》の間《ま》姿を消す。

逞《たくま》しくなったような気がしていたんだ、実は。このまま夏の終わりまで自転車を漕ぎ続けていたらもっと俺の体は変化するに違いなくて、それを密《ひそ》かな楽しみにしている。

俺の心を意図せず持ち上げてくれた洋平が、発売されたばかりのゲーム雑誌を広げながら言う。

「これ見てくれよ。バトマスの特集記事が載ってるんだ。買ったら絶対一緒に遊ぼうな。啓太だったら、関東ランキングのトップ狙《ねら》えるぜ。まあ、オレも負けねえけど」

「あー……、そうだな。一ヶ月の差なんて、すぐに埋めてやるよ」

バトマス――『Battle Master』は、リリースから数年が経《た》っても、多くのファンを抱える対戦型格闘ゲームだ。アクティブユーザーがいまもなお増え続けている、俺のお気に入り。アーケードゲームだったそれが先月、満を持してポータブルゲーム機に移植され、洋平は発売日当日にゲットした。

俺もこれを手に入れる為にペダルを漕いでいる、ということにしている。

アルバイトをするというと、洋平を始めとした友人たちにも理由を訊かれた。社会勉強なんていう対大人用のダサい理由で同級生が納得するわけがない。かといって、本当の理由はもっとダサくて言えなかったから、嘘を吐《つ》いた。

再びかき混ぜられそうになった感情を宥《なだ》めて、何てことない顔をして洋平とゲーム談義を繰り広げる。

「新キャラはどうなんだよ、使える？」

「スピードはあるんだけど、パワーがない。技のコンボで攻める感じかな。上級者向け」

「まじかー。女キャラっていうのはどうもしっくりこないんだけど、試してみたいな」

「お、おはよう！」

いきなり声が降って来て、視線を上げると晴子が立っていた。強張った顔は紅潮していて、学校指定の斜め掛けバッグの紐《ひも》をぎゅっと握っている。

おはよ、と応《こた》えると洋平も同じように返す。ほっとした顔をした晴子は、周囲の奴らにも挨拶《あいさつ》を繰り返し始めた。浮わついている教室の空気が少し変化する。数人が短く挨拶を返すと、晴子はそれに満足したように頷いて自分の席に着いた。

「近松、どうしたんだろ急に。挨拶なんて、いままで一度もしたことねえのに」

窓際《まどぎわ》の席に落ち着いたおかっぱ頭を見ながら、洋平が言う。晴子はバッグの中からピンク色のカバーの掛かった文庫本を取りだし、読み始めた。烈子さんにべったりの晴子には、これという友達がいない。本とにらめっこをしているのは、普段の通りだ。

すぐにのそのそと担任が入って来て、出欠を取り始める。

「田岡は、休みだな」

教室の中央辺りにぽつんと空席があった。あんなことがあった後じゃ、出て来れねえでしょ。誰かの呟きが聞こえた。あいつの方は、堂々と出て来てるけどな。

斜め前の晴子を見る。担任の方を向いた横顔は、ぎゅっと唇が引き結ばれていた。

事件が起きたのは、帰りのH・Rを待つ僅かな時間だった。洋平や他のクラスメイトと話をしていると、下らないことを言って笑っていた洋平が表情を改めた。おいあれ、と顎《あご》で示す。見れば、数人の女子が晴子を取り囲んでいた。

「ねえ、近松さん、返事してー？」

「田岡くんに謝りに行ったほうがいいって、アドバイスしてあげてるだけなんだよ。そんな風に意地張らないでぇ、顔上げよ？」

クラス委員をやっている松田《まつだ》が、小さな子に言って聞かせるような作り声で話しかける。

「田岡くんが学校に来られなくなったら、嫌な思いするでしょ？　あたしたちついて行ってあげるから、謝りにいこ。ね？」

あいつらは確か田岡とは別段仲は良くなかったグループだ。笑みを含んだ嫌な雰囲気で、晴子に善意だか悪意だかわからないものを押し付けている。比較的背の高い奴らの中で、晴子はぐんと小さく見えた。

近松さん、あんな酷いことしたんだもん。自分でも分かってるよね？　このままじゃ、クラスにも居辛《いづら》いと思うよ。だからさ、ごめんなさいしに行こうねえ。

「女子って、怖いよな」

よく、あんなこと思いつくよな、と洋平が小さく呟き、俺たちは頷いた。女子っていうのは最近、謎《なぞ》の生き物に見える。

「……殴ったことは、先生の前でちゃんと謝ったよ」

俯いたまま、か細い声で晴子が言う。それじゃ足りないんだってば、と被《かぶ》せるように声がする。田岡くんが学校に来ていないことで、分かるでしょ。近松さん、自分のしたことの責任とらなくちゃ。

「あたし、悪くないから、行かない」

晴子が顔を上げた。真っ白な顔色で、悪くない、と繰り返す。だって、田岡くんはあたしの家族を馬鹿にした。

震えながら、しかしはっきりと晴子は自分の意見を言う。

「田岡くんには責任はないの？　もしあたしが学校に来られなくなっていたら、田岡くんは謝りに来たの？　みんなは、謝りに行けって言ってくれたの？」

女子たちが、黙る。俺はそれを見ながら少し興奮していた。女子の変化は理解できないけど、晴子のそれは分かりやすくって気持ちいい。

「田岡くんは、悪くないんじゃないかな」

果たして、松田が低い声で応える。あたし、近松さんのおばあちゃん怖かったよ。人のことジロジロ見まわして、挨拶しなさいとか怒鳴って、すごく嫌だった。十一年前の話を聞いたときは、絶対怒らせないでおこうって思ってた。みんなも、そうだよ。ねえ、分かってる？　女のひとで、しかもお年寄りだから、校門の前に立ってても許してもらえてたんだよ。同じことを大人の男のひとがやってたら、警察に通報されちゃうようなことなんだよ。だから、止めろって言った田岡くんは、全然悪くないよ。みんなの為に頑張って言ってたんじゃないかなってあたしは思うんだけど。

その言葉は冷ややかに、晴子にぶつけられた。

「あ……それは、ごめんな、さい。……でも六月くらいからは、来てなかったし……もう、来ないから」

晴子が言葉を苦しそうに吐き出す。

「じゃあどうしてそれを田岡くんに言わなかったの？　それも、田岡くんに謝るべきだよ」

「田岡くんだけじゃない、みんなにだよ！　あたしたちの怖かった何十日は消えてなくならないんだから」

離れたところからでも、晴子の目の周りが次第に赤く染まるのが分かった。

「もういい加減にしとけよ。そういうの、見てて気分悪い」

俺が言うより先に、洋平が声を上げた。

「お前らが近松責める権利ないだろ。なあ、啓太」

洋平に全くの同意見なので、頷く。

「田岡は善意で言ってた風には感じなかったな。それに、少なくとも田岡と晴子の問題で、松田たちは無関係だよ」

だって啓太くん、と松田が口を尖《とが》らせかけたとき、ヒッヒッと笑い声がした。

「啓太は本当に、晴子がお気に入りだよなあ」

見れば、教卓に腰かけた厳がふくよかな体を揺らして笑っていた。

「どういう意味、厳」

「どういうも何も、この間から啓太は晴子を庇《かば》ってるだろ。いまだって、女子同士の話にまでしゃしゃり出て行ってさ」

ねっとりと嫌味たらしく言う。どうやらこの間の仕返しのつもりらしい。こいつは本当にくだらない奴だなと呆れる。

厳の友人たちが、「あいつらそういう関係？」とはやし立て、女子たちは「嘘ぉー！」と甘えたような悲鳴をあげた。厳は大袈裟《おおげさ》に肩を竦《すく》めて首を横に振る。

「そうじゃないって。お前たちってば低能だなあ。こいつら、片親同士だよ。連帯感っていうの？　啓太はそういうのを晴子に感じちゃってるわけ」

ざわめきが奇妙に歪《ゆが》んだ。からかうような色を浮かべていた奴らが、表情の扱いに戸惑う。その中の幾人かが慌てて作った顔は、俺が一番嫌いなやつだった。

晴子が俯き、俺の腹の奥がぐるりとうねった。突き動かされるように立ち上がる。脂肪まみれの弛《たる》んだ体を、頭の悪そうな笑みを浮かべている顔を殴りたいという衝動が爆発しそうになる。

躍りかかろうとする俺の手首を洋平が摑む。バイト、と短く叫ばれてぐっと堪《こら》えた。

「オレが先に言いだしたことだろ。啓太の家は関係ない」

洋平が言い返すも、厳は笑みを崩さない。ハイハイ、そうですねー、と気のない言葉を吐いて俺を窺ってくる。煽《あお》ってくるような視線を見て腕にぐっと力を入れると、それ以上の力で洋平が止める。

「……俺に全く非のないところを、勝手にウィークポイント扱いしないで欲しいんだけど」

感情的になったら負けだと、必死に言い聞かせる。深く息を吐いて、歪《いびつ》でも笑みを作ってみせた。

「それで俺を傷つけられると思ってんなら、大間違いだからな。厳が『脂《し》ブウ』って呼ばれてることよりもよほど、何てことない」

厳が気にしてる渾名《あだな》を口にすると奴の豊満な頬にかっと赤みが差した。小さな笑いが幾つかおきたのを聞き、勝ったと思う。

わなわなと震えた厳が何か声を上げる前に、担任が教室に入って来る。担任は教卓に腰かけた厳を短く叱り、帰りたかったら早く席につけと声を張った。それで話はうやむやに終わり、放課後になった。

「啓太くん、あの、ごめんなさい……」

帰り支度をしていると、松田たち数人の女子が俺のところへやって来た。下を向き、おずおずと言う。

「啓太くんに嫌な思いさせるつもりなんてなかったの、本当に」

「ああ、別に」

松田たちがきっかけだったことすら忘れていた。

「ごめんね。厳くん、酷いよね。あんなこと、言うべきじゃないよ」

「啓太くんを傷つけようって悪意が見え見え。最低だよ！」

憤慨したような口ぶりに、笑みが湧《わ》く。お前たちが晴子にしたことに悪意は存在しなかったわけ？　俺ってそんなに憐れまれる存在じゃないんだけど？　そんなことを思っても、もう口に出す気も起きない。何がどう変わるわけじゃない。

適当にあしらいながら視線を投げると、晴子がひとり教室を出て行くのが見えた。松田たちに顔を向ける。晴子には謝りに行かないの、と言いかけたのを飲み込んで、もういいからと言って俺も廊下に出た。

何を言おうとか、考えていたわけじゃない。それでも混雑している昇降口を出て晴子の姿を探したけど、色とりどりの傘の中から小さな晴子を見つけ出すことはできなかった。

雨は、夕方になると勢いを増してきた。雨具を身に付け家を出ようとしたら、仕事帰りのさっちゃんと鉢合わせしてしまった。昨晩のことを俺が見ていたなんて知らないだろうけど、何となく顔を合わせづらい。黙って出て行こうとする俺の袖を摑んで、さっちゃんはごめんと大きな声で言った。

「もういい加減、仲直りしよう。私、どうかしてたの。いまは、もうそんなこと考えてない」

「……あんなに行きたいって言っておいて？」

「だから本当に、どうかしてたの」

さっちゃんが大阪への移住を考えていると知ったのは、小学校の卒業を目前にしたころだった。押入れの奥に隠していたバッグに、不動産屋から取り寄せた書類や、求人案内なんかがみっちり詰まっているのを俺が見つけたのだ。どういうこと、と訊けばさっちゃんはここに住んでみたいと言った。

大阪に知り合いはいない。というより、俺たち母子には頼れる親戚《しんせき》なんて皆無だ。長く住んでいるこの土地には、知り合いがいて助けてくれる。さっちゃんの昔からの友達や、会社の同僚であるフィリピン人のおばちゃんたちは俺をとても可愛《かわい》がってくれる。近所のひとたちだって、親切だ。そんなものを全《すべ》て捨てて、縁もゆかりもない土地に行こうとしているなんて、どうかしている。

『それは、俺のオヤジに関係あるの？　一緒に住む、とかそういうこと？』

俺はオヤジの顔を知らない。生きてるって知ったのも、一昨年の年末の話だ。大金だけ置いていなくなったっぽいから、ヤバいことをしているひとかもしれないと思っている。

そのオヤジと一緒に暮らす。それくらいしかさっちゃんの行動理由を考えられなかった。それだったら、俺は賛成するしかないんだろうか。だって、オヤジが来たと思われるあたりから、さっちゃんは目に見えて変化した。

しかし、さっちゃんの返答は、想像以上に情けなかった。

『一緒になんて、住まない。どこにいるのかも知らないもの。ただ、大阪にいるらしいって話をひとから聞いただけだから……』

『は？　そんな不確かなことで俺を振り回すつもりなの？』

　ふつふつと怒りが湧いてくる。オヤジの存在を知ったとき、真っ先に覚えた感情は不安だった。急に現れた存在が俺に与えたのは喜びではなく、恐怖。それを、さっちゃんは分かっていない。俺がオヤジっていう男を受け入れようと決意したその思いも、分かってない。

『ふざけるなよ⁉　俺の気持ちを無視するのも、大概にしろよ！』

　気付けばさっちゃんに詰め寄っていて、泣かせていた。さっちゃんは涙をこぼしながら、ごめんと繰り返した。啓太のこと考えてなかった訳じゃないの。また会いたかっただけなの。ごめん。ごめんなさい。

「――オヤジのこと、もうどうでもいいの？」

　意地悪な質問だと思いながら訊く。昨晩のことを思えば、どうでもよくないことなんて分かりきってる。さっちゃんの瞳が、案の定揺れた。

「どうでもいいわけじゃ、ないけど。でも、いいの」

「俺の為《ため》に諦《あきら》める、とでも言うんだろ？」

　自分でも嫌気が差すほど冷たい声が出た。さっちゃんの顔が強張る。それでも、口は勝手に動いた。

「昨日の夜もその前も、こっそり泣いてたのに俺が気付かないとでも思ってた？　本当は行きたいくせに、俺の為に我慢するって言うんだろ」

「違……、私は、そんなつもり」

「あのときみたいに、オヤジのところに行きたいって泣けばいいだろ！　俺のせいにして諦められるくらいなら、最初から願ったりすんなよ！」

見開かれた瞳がみる間に充血していく。その顔から逃げるように、家を飛び出した。

むしゃくしゃする気持ちを抱えて、自転車を漕《こ》ぎまくった。通り抜けざまに水を跳ねてくる車にも、吠《ほ》えかけてくる犬にも、善意のお茶にさえ、殺意が湧く。気を抜けば色んなものが俺の頭に溢《あふ》れて、叫びそうになる。厳も、そのばあさんも、松田もさっちゃんも、勝手に現れて俺を苛立たせる。カゴに詰まった新聞を道路にばらまく想像を繰り返して、どうにかやり過した。

「……っ！　ああ、くそ！」

ペダルが急にスコンと抜けるような感覚があって、バランスを崩す。どうにか体勢を整えて見てみれば、チェーンが外れていた。支給された自転車はただでさえ俺の体には少し大きくて、しかも古い。チェーンが緩いような気はしていたけど、何もこんなときに外れなくってもいい。びしょ濡《ぬ》れになって嵌《は》め直しながら、世界中に呪詛《じゅそ》を吐き散らかしていた。こんな世界、いますぐ終わっちまえ。みんな、消えてなくなっちまえ。雨が目に入って、視界が潤《うる》んだ。

どうにかチェーンを戻したときには、雨具の袖も両手もオイルで真っ黒に染まっていた。古くなったオイルは悪臭とべたつきが残る。首に掛けていた濡れそぼったタオルで手を拭《ふ》くと、べったりと汚れがつく。拭うものがなくなった、と舌打ちをすると、目の前にふわふわした白いタオルが差し出された。

「使って」

顔を上げると、傘をさした晴子が立っていた。俺に、タオルをぐいと突き出す。

「これ使って。それ、もう使えないでしょ」

見渡せば、数十メートル先が晴子の家だった。もうこんな所まで来ていたのか。

「あ、りがとう。だけど、汚れるから」

「いいから。ほら」

晴子は俺の首に無理やりタオルを掛けて、うちに少し寄りなよ、と言う。

「石鹼《せっけん》で手と顔を洗ったほうがいいよ。ほっぺたまで汚れてる」

気付かなかった汚れを指摘されて、恥ずかしくなる。素直に頷《うなず》いた。

玄関の横に設置された水道で汚れを落としていると、中から晴子の声がする。

「お茶をいれたから、終わったらこっちにどうぞ」

首に掛けられたタオルで手と顔を拭き、中に入ると、晴子が座って待っていた。コップに入った麦茶を、俺に差し出してくれる。

雨具から雫《しずく》がぽたぽた垂れているので、なるべく奥に入らないようにして受け取った。

晴子の家は相変わらず、空気が静かに落ちついていた。ここだけ湿度が違うんじゃないかと思うほど、清涼さが満ちている。深呼吸をすると、不思議と心が凪《な》いでいった。

「何か、ごめんな」

人心地のついた自分を悟られたくなくて、ぼそりと呟く。

「そろそろ新聞届くかなと思って外に出たら、啓太くんが見えたから。あたし、今日のお礼言いたくって待ってたんだ」

晴子は恥ずかしそうに笑って、頬を掻く。

「今日は、ありがとう。あたし、もう何をどう言ったらいいのか分からなくなってたから、啓太くんが助けてくれて、嬉《うれ》しかった」

「……別に。あんなの、ムカついたから勝手に言っただけだし。礼なら、洋平に言っておきなよ」

洋平の方が、俺より余程冷静だった。

「あ、そうだよね。洋平くんにも、言うべきだった。それにしても、こんな雨の中も働かなくちゃいけないなんて、酷《ひど》いね。嫌だね」

「こんな日があることも知ってたから、別に。晴ればかりじゃないよ」

さっきまで悪態をつき通しだったことは、情けないので黙っておいた。

ふうん、と晴子が短く答える。俺は玄関の引き戸に背を預けて、外を見た。屋根の端から雨だれが落ちる。雨脚がさっきよりも弱まってきたようだ。残りの配達が済むまで、この調子だといいなと思う。

「すごいね。啓太くんは」

小さな声がして、家の中に視線を戻す。ぺたんと座り込んだ晴子は、肩でため息を吐《つ》いた。

「すごいよ。啓太くんは、たくさんのものが見えてるのね。あたしは視界が狭すぎて、何ひとつうまくいかない」

「今日のことなら、もう気にするなよ。晴子が言い返してくるって思わなかったから、あんなこと言いだしただけだ。松田たちが晴子に謝れって迫るのが、間違ってる」

晴子は俯《うつむ》き、小さく首を横に振る。

「本当に、思いもしなかった。周りのひとはあたしを怖がらせるけど、あたしが誰かを怖がらせてるなんて、思いつきもしなかった。おばあちゃんはそんなこと、教えてくれなかったもん」

カランと、コップの中の氷が鳴った。ふむ、と少しだけ考える。

「教わるもんじゃなくて、体で覚えてくもんだよ、そんなの。ひとから叩《たた》かれたら痛い。だけど同じことができる手のひらを、自分も持ってる。こういう気付きの繰り返しだろ」

晴子の瞳が持ち上がった。薄暗い玄関の中で、俺に向けられる。

「いつ気付くかなんて、個人差だよ。気付かないままでいることが問題なんだ。だから、晴子が気付いたと思うならそれでいいんじゃないかな」

「啓太くん、すごい……」

晴子の声に、感嘆の色が見えた。説教くさいことを言った自分に気付き、途端に恥ずかしさを覚える。別に、大したこと言ってないだろ。ていうか、こんなの母親の受け売りだし！

「お母さん、かあ」

お茶を運んできたお盆を胸に抱くようにして、晴子が呟《つぶや》く。そして、ねえ啓太くん、と俺を呼ぶ。ねえ、啓太くん。啓太くんは、親のこと好き？

「何で、そんなこと訊くの」

出がけのさっちゃんを思い出す。酷いことを言ったと思う。さっちゃんが俺のことを考えて言ったことは分かってたのに、まともに話も聞かずに責めた。

晴子は、ゆるゆると話し始めた。あの噂《うわさ》、知ってるでしょ。おばあちゃんが鎌《かま》を持ってお母さんを追い出したっていう。あれはね、お母さんがあたしを殺そうとしたんだって。育児ノイローゼになっちゃって、もう育てたくないって。まだ細いあたしの首をきゅうきゅう締めようとしてるのにおばあちゃんが気付いて、お母さんを追い出したの。お母さんは、晴子なんていらないって言ったんだって。

想像もしなかった内容に、俺は黙って聞くしかない。相槌《あいづち》すら、打てずにいた。ほとほとした雨音と、水槽のポンプの音だけが静かに座る。

お父さんはね、あたしにあんまり興味ないの。元々、子どもが苦手なんだって。あたしの傍にいたのはいつもおばあちゃんだけだった。だからあたしね、親ってよく分からないの。何かを教えてもらったこともない。啓太くんはお母さんとふたり暮らしだったよね。ねえ、啓太くん。お母さんのこと、好き？

言葉が、出てこない。親のことを素直に好きだと言える時期はとうに過ぎている。

いまは特に、そんなこと口にしたくなかった。だけど、誰にも言わずにいた話をしてくれた晴子に応えようと、頷いた。

「……うん、好きだよ。だって俺には、さっちゃんしかいないんだ。頼るひともいない中でたったひとりで育ててくれたことを、すげえ感謝してる」

晴子が少しだけ目を見開いた。それから、初めてきちんと笑った。左の頬に小さく笑窪《えくぼ》ができたから、きっとそうだと思う。

啓太くんって、お母さんのことを名前で呼んでるの？　晴子の声が少し弾む。

え？　ああ、何か、お母さんって呼ばれたくないみたいで。でも、常識がないわけじゃなくて、ちゃんとしてる。家の中綺麗だし、ご飯旨いし、よく笑うし。俺は、あれでいいと思う。普段は絶対口にしないような言葉がスラスラ出てくる。そして、誰にも言えずにいた悩みまで、ぽろりと吐き出してしまった。

「俺さ、もしかしたら大阪に引っ越すかもしれないんだ」

「大阪？　それは、すごく遠いね。お母さんの仕事で？」

「ううん。それがさ、行方不明のオヤジがそこにいるかもしれないって、それだけ。しかもオヤジってのが、何してるのか分かんない奴《やつ》でさ」

これまで洋平にすら言えなかったことを口に出せば、胸の奥がふっと軽くなった。

溜《た》まっていた重石《おもし》を吐き出すように、半年ほど前からの話をした。どんどん楽になっていく心に、俺は誰かに聞いて欲しかったんだなと思う。晴子は黙って、重石を捨てる手伝いをしてくれた。

果たしてすっかり軽くなった俺は、呆《あき》れるだろと笑ってみせた。向こうには頼るひとどころか、知り合いすらいない。ずっと母子家庭で、お金だって大してないのにどうするんだよって話。でも、会いに行きたいんだって。本当に考えなしなんだ、あのひと。どうしようもないよ。

「……でも、啓太くんは行くつもりだったんでしょう」

「え？」

驚いて、晴子を見る。晴子の笑窪が再び現れる。

「アルバイトの理由、分かっちゃった。大阪行きの為にお金を貯《た》めておこうって思ったんでしょう」

虚を衝《つ》かれるって、こういうことを言うんだろう。どうやって、この会話からその答えを引き出したんだ。だってさっちゃんでさえ、気付かなかった。

どうして、分かったの。取り繕う余裕もなく訊《き》くと、いまの話を聞いていたら分かるよ、と晴子は当たり前のように言った。

「啓太くんはお母さんのこと好きだから、お母さんの願いを叶《かな》えてあげようって思ったんでしょう？　手助けしようって思ったんでしょう？」

「……何だよ、それ」

喉《のど》の奥が急に熱くなり、息苦しくなる。何でそんなこと、知ったように言えるんだよ。

「だっていま、全部教えてくれてたじゃない。啓太くんは偉いね。どんなところでも生きていこうとしてる」

晴子は穏やかに微笑み、俺はぐっと唇を嚙《か》む。赤らんだ顔を晴子から背けるようにして、庭先に顔を向けた。

「……ダサいだろ。マザコンって呼んでも、いいけど」

「何言ってるの。啓太くんがマザコンなんて呼ばれちゃうならあたしは重度の……えぇと、祖母コン、いやババコンかな？　それになっちゃうよ」

晴子が鈴を振るみたいな声を洩《も》らした。とても優しい音は俺の耳に心地よく響いて、思わず笑ってしまう。ババコンって、何だよそれ。変な造語だな。

「だって何て言うのか分かんないもん。あ、長話しちゃってごめんね。そろそろ行かないと、大変なんじゃない？」

腕時計を見ると、大幅に遅れている。いくらこの雨でも、これ以上遅れると営業所に苦情の電話が入ってしまうかもしれない。うわ、ヤバい、とコップを晴子に渡した。

「俺、行かなきゃ！　タオル、今度返す。ありがとう！」

「あ、待って啓太くん！」

駆けて行こうとする俺を晴子が呼び止める。振り返ると、明日の夜、家を出ることできる？　と訊いてきた。

「行きたいところがあって。啓太くんに付き合って欲しいの」

「どこに？」

「展望公園」

山の上には、公園がある。展望台があって、町を見渡すことができる。小学校のとき、遠足で何度も登った。晴子の家からだと、徒歩で一時間ほどかかるだろうか。

「ダメかな。明日の夜が晴れていたら、でいいんだけど」

晴子の目が、不安そうに揺れる。

「いいよ、行く」

何で展望公園？　そりゃあ景色はそこそこ綺麗だけど、夜に行く理由が分からない。しかも俺に付き合って欲しいってどういうことだ。咄嗟《とっさ》に色んなクエスチョンマークが浮かんだけれど、でも俺はこっくりと頷いた。こんな疑問なんて、明日訊けばいいだけのことだ。いまはただ、晴子ともっと話がしてみたかった。晴子がほっと息を吐いて、ありがとうと呟く。それから、明日の二十時に晴子の家の前に来る約束をして、今度こそ晴子の家を出た。

翌日の夜は、昨日の雨が嘘のような快晴だった。さっちゃんには友達と天体観測をすると言って、家を出ようとした。

「待って、啓太、あの」

自転車に跨《また》がった俺を、さっちゃんが追いかけてくる。

「あの、気を付けてね」

何か言いたそうに、俺を窺う。

「ねえ、さっちゃん」

「な、何、啓太」

「大阪。行きたいなら行ってもいいよ、俺」

するりと口にできた。だけどそれ以上は何も言えそうになくて、さっちゃんの反応も見ずにペダルを踏み込んだ。

昨日バイトを終えて家に帰ったら、さっちゃんは自室に引っ込んで出てこなかった。茶の間のテーブルにラップが掛けられた夕飯が置かれていて、ゴミ箱には大阪行きの書類が全部突っ込まれていた。一枚一枚くしゃくしゃに握りつぶしてある。温めないまま夕飯を食べた俺はその書類を全部取り出し、綺麗《きれい》に伸ばした。そしてそれをテーブルに置いてから寝た。朝にはそれはきれいさっぱり無くなっていたけど、俺は訊こうとしなかったたし、さっちゃんも何も言わなかった。あの書類たちは、どうなっただろう。

つらつらとそんなことを考えながら自転車に乗って晴子の家に行ったら、もう、晴子は門扉《もんぴ》の前に立っていた。山登りに行くような恰好《かっこう》をしている。大きなリュックサックを背負っているけど、何が入っているんだろう。俺の背中のメッセンジャーバッグの中には、タオルとスポーツ飲料のペットボトル、財布くらいしか入ってないけど。

「行こうか。あ、啓太くんは自転車そこに停めて。坂道はきついし、歩いて行こう」

俺を引率するように、晴子は前を歩き出した。

晴子は特に何も話さない。俺も、何を話していいか分からなかったし、気を抜けばさっちゃんのことを考えてしまっていて、無言で歩いた。

「あたし、同級生と出かけるの初めて」

ふいに晴子が口にする。それはそうだろうなと思う。晴子が烈子さん以外の人間と一緒にどこかに行くなんて、なさそうだ。

「こういうときって何を話せばいいのかな」

「そりゃ、色々だよ。好きなドラマの話とか、ゲームの話とか」

「ふうん、そっか。じゃあ、何話そうか」

何話そうかって、俺と晴子の共通項が分からない。俺はあんまり女子と親しく話したことないし、主なネタといえばバトマスしかない。晴子はきっと、ゲームセンターに行ったこともなさそうだから、バトマスの嵌め技の難しさなんて話しても面白くないだろう。いやまあ、うん、などと適当に唸《うな》っていると、晴子は黙った。それから俺たちは懐中電灯を手にただひたすら歩いている状態だった。無言の行軍、そんな感じ。

満足に会話のないまま、展望公園に着いた。娯楽のない町だから、暇を持て余している大人が多いのだろう。駐車場には何台も車やバイクが停まっていて、展望台の方は賑《にぎ》わっていた。俺たちも展望台に向かうのだろうと思っていたら、晴子はそれを無視して、さらに上に行くべく小道を進みだした。

「どこ行くんだよ」

いくら夜の気温が下がるといっても、八月だ。俺はすっかり汗だくで、持って来たペットボトルも空になりかけている。晴子の息も上がっていて、肩で息をしていた。

「ここじゃないの？　晴子」

「この上にね、穴場があるの。あたし、よく来るんだ」

晴子は呼吸を荒げているくせに、行先の分かっていない俺より、生き生きしていた。細い道は足元が悪く、懐中電灯を照らしてゆっくり歩かなければならない。それが余計に疲労となって、ヒイヒイ呻《うめ》きながら十分ほど登ると、急に景色が開けた。

「ついたよ」

そこは短い草が絨毯《じゅうたん》のように茂った野原だった。空が近い。星が鮮やか。景色は展望台よりも遠くまで見はるかすことができた。

「うっお。何ここ、すげえ！」

思わず声を上げる。生まれたときからこの町に住んでいるくせに、展望公園には何度となく来ているのに、こんな場所があるなんて知らなかった。

「啓太くん、お疲れさま。こっちに座ろう」

晴子はリュックサックからレジャーシートを出して、手慣れたように敷いた。リュックからは、アルミホイルで包まれたでかいおにぎり二個と大きな水筒、紙コップも出てきた。

「晴子、こんなの背負って来てたの」

「うん。ほら、おにぎりどうぞ」

正直腹が減っていたので、嬉しかった。晴子と並んで座り、眼下に広がる景色を見ながらおにぎりを頬張る。塩が効いたおにぎりはまだほんのりと温かくて、中には甘い煎《い》り卵が入っていた。旨《うま》い。

「ありがと、晴子。なんかこれってすごい贅沢《ぜいたく》だな」

目を奪われる景色を独り占めしながら旨いご飯を食べることが、こんなにも満足感を与えてくれるなんて思わなかった。

「それに、煎り卵のおにぎりなんて、初めて食べた。これ、好きだ」

「よかった」

晴子の声が嬉しそうに跳ねる。あのね、この場所も、おにぎりも、おばあちゃんが教えてくれたんだよ。ここからの夜空が一番、星に近いってことも。

「……なあ、烈子ばあちゃん、どうしたんだよ」

もういい加減、教えてくれてもいいだろ？　訊くと、晴子は小さくぽとりと言葉を落とした。

「施設に、いる」

「施設って、なに」

「……認知症なの。一年くらい前から少しずつ様子が変わっていってたの。どんどん酷くなってきて、お父さんがとうとう、施設に入れちゃった」

大きな口を開けて、晴子はおにぎりを頬張る。ほっぺたをリスみたいに膨らませて咀嚼《そしゃく》をする晴子の目じりが少し光った。俺はそれを見ないふりをして、おにぎりを齧《かじ》る。

ゆっくりと飲み込んだ晴子が、続ける。

「中々入ることのできない、すごく人気のある施設なんだって。死ぬまで大切に看《み》てくれるって。そんなところにすんなり入れておばあちゃんは運がいいって、お父さん言ってた」

言葉が出てこない。晴子と並んで帰っていた広い背中を思い出す。大きな手はいつも、晴子の小さな手を握っていた。

「烈子ばあちゃんがいなくなったから、晴子は変わろうとしたの?」

少しの間があって、晴子が頷く。

「なかなか、うまくいかないね。ひとと付き合うのも、ひとに言いかえすのも全然加減が分からない。初めての世界は、あたしには厳しすぎる」

「初めてって？」

晴子は右手で目の前を指差した。小さな光の粒をたくさん零《こぼ》したような景色が広がっている。こうして見ると、思っていたよりも町は栄えているのかもしれないと思う。

「暗くてよく分からないかもしれないけど、この町って、すり鉢みたいな形をしてるんだ。向こうの山と、いまあたしたちのいるこっちの山が緩やかに繋《つな》がっていて、その中にあるの。あの辺りの光の集合体は、すり鉢の底かな」

晴子の喋《しゃべ》り方は、耳に優しい。雑音なく伝わる。うん、と頷いた。何となくイメージが湧く。

「おばあちゃんはね、ここは少し大きな水槽なんだよって言ったの。この町は水槽だって」

頭の中のすり鉢が、自分の家の玄関に置かれた金魚鉢にすり替わった。金魚鉢の底には色とりどりのビー玉が沈んでいる。あの幾つもの光はビー玉の輝きなのだと思えてくる。

「そしておばあちゃんは、私は晴子のチョコレートグラミーになってあげるからねって言ったの」

「マウスブルーダーって、こと？」

晴子が目をぱちくりさせた。俺が知っているとは思わなかったらしい。あれから調べたんだ。どこが晴子と似てるのかなって思って。親が口の中で稚魚《ちぎょ》を育てて外敵から守る魚だって、ウィキペディアに書いてた。そう言うと、そういうところが頭がよくなる理由なのかなと感心したように晴子は頷く。

「俺、あのとき晴子は卵から孵《かえ》ったんだと思ってた。でも、ちょっと違った。晴子はずっと、烈子ばあちゃんの口の中にいたんだな」

晴子が、笑う。頬に優しい窪みができる。

「おばあちゃんが、この世界からあたしを守ってくれてた。あたしを捨てたお母さんから、騒ぎを馬鹿《ばか》にする世間から、全部から」

晴子が夜空を見上げる。それから、まるで昔話をするような口調でそうっと続けた。

「この水槽の中で哀《かな》しい思いをしないように、辛い思いをしないように、私が守ってあげる。焦《あせ》らなくっていいんだよ。あんたのペースでいい。いつか自分で旅立てると思えるその日まで、私の中にいたらいいんだよ」

ああこれはきっと、烈子さんの言葉だ。烈子さんは何度となく、晴子に言って聞かせたんだろう。俺の知っている烈子さんの口調じゃないけれど、そう思った。

そして同時に、子どもを怒鳴り散らしていた烈子さんを思い出す。晴子を泣かせる奴はこの私が容赦しないからね！　絶対に、いじめるんじゃないよ！

「おばあちゃん、認知症になったいまも、あたしを守ってくれてるんだよ。晴子は渡さない、晴子を殺そうとしたあんたは死んでも許さないってあたしに向かって怒鳴って、暴れるの。あたしはお母さんじゃなくて晴子だって何度言っても、分かんないんだよ。呆れちゃう」

晴子の声が少しだけ潤む。

「おばあちゃんの愛情って、『普通』とは少し違うんだろうね。ひとから悪く言われる部分もあるんだと思う。でも、あたしはその愛情のお蔭《かげ》で幸せに生きて来られた。誰にどう言われても、あたしはそれに感謝したい」

泣きそうな晴子に引きずられたせいなのか、それとも別のひとの面影がよぎったせいなのか、鼻の奥がツンと痛む。同時に喉の奥からこみ上げてきた熱いものを押し込めるために、おにぎりの残りを全部口に押し込んだ。げほげほと噎《む》せ返ると、晴子がすぐに紙コップを差し出してくれる。

「ご、ごめん。ありがと」

苦しさのせいで、涙目になる。晴子は、美味《おい》しそうに食べてくれて嬉しいよ、とおどけたように言った。

一息ついた後、ふたりで寝ころんだ。星が幾つも煌《きら》めいていて、その中に夏の大三角形を見つける。晴子に教えると、教科書通りだねと指先で星を辿《たど》った。

それからしばらく無言で眺めていると、晴子がそろりと喋りはじめた。あたしはこれから、おばあちゃんの口の中から出て、ちゃんと生きていく。だけどさ、啓太くん。難しいね。生きていくって、難しいよ。

ああ、難しいよな。俺も、難しいって思う。しんどいって時々思うし、ムカつくこともある。世の中って、どんどん難しくなっていってる気がする。でもそれが晴子の言う、世界に出るってことなんだろうな。

ああ、そっか。そういうことだよね。さすが、啓太くんはこの世界でちゃんと泳いでるだけあるね。

どうだろうな。ちゃんと、ではないと思うよ。

そんなことないよ。あたしには、啓太くんがとても眩《まぶ》しいよ。そんな啓太くんが辛くても泳いでいるんだったら、あたしも泳がなくちゃいけないって思うもの。

ゆっくりと紡《つむ》がれる晴子の声が、俺の声が、こぽりこぽりと気泡のように夜空に溶け込んでゆく。だんだんと、自分が水槽の中で揺蕩《たゆた》う魚になった錯覚に陥る。ビー玉や水草の間で揺らぎながら、生まれては消える水泡を眺めている、そんな感じ。

「この水槽の向こうにはもっとたくさんの水槽があるんだよね。水槽どころか、池も川も、海だってある。いちいち怖がってたら、生きていけない。あたしたちはこの広い世界を泳がなきゃいけない」

こぽこぽ。こぽこぽ。柔らかな音の向こうに、縞《しま》模様の入った栗色《くりいろ》の魚が泳ぎ始める。魚は星屑《ほしくず》の散らばる夜空を旋回し、星の描く三角形を潜っていった。ゆっくり、ゆっくりと。

しばらく空を眺めて、俺たちは山を下りた。帰り道はとても早く感じた。それは、晴子が俺のゲーム話を興味深そうに聴いてくれたからかもしれない。晴子もやってみろよ。なんなら俺が操作教えてやるし、と言うと、機会があったらぜひ、と笑った。

晴子の家の前に着き、自転車に跨る。

「じゃあ、帰るよ。晴子も早く家に入ったほうが……って、晴子の家、もしかして誰もいないの？」

何気なく見た近松家には、どの窓にも明かりが灯っていなかった。中学生の娘が外出しているままだというのに、灯りを消して寝ているというのは考え辛かった。

「何で？」

晴子に視線を戻して訊けば、晴子は肩を竦《すく》めた。

「うちのお父さん、今日は帰って来ないの。隣の県に住んでる桜子《さくらこ》おばちゃんっていう、おばあちゃんの妹のところに行ってるから」

「どういうこと」

「あたしを育てられないって、引き取り先を探してるの」

頭の中が真っ白になった。育てられない？　引き取り先？

阿呆《あほう》みたいに口を開けた俺に、晴子は続ける。お父さんの妹とか、子どものいない親戚にまで話をしに行ったんだ。でもみんな、なかなか受け入れてくれなくて、それで今日はおばあちゃんのところまで。

「な、なんで……？」

どうしてそうなるのか分からない。烈子さんがいなくなったからって、何だっていうんだ。父と子、ふたりで生きていけばいいんじゃないのか。俺の家はそうだ。母と子ふたりで暮らしているんだから。

「啓太くんのお母さんと、うちのお父さんは違うんだよ。お父さんね、もうずっと前から恋人がいるの。バツイチで、子どもはいないみたい。そのひとと再婚したいって何度も言ったんだけど、おばあちゃんが許さなかった。家まで連れて来たこともあったんだけど、晴子のことを考えろって言って追い出しちゃって」

「で、でもこうなったら、烈子ばあちゃんも反対しないよ。再婚でも何でもして、晴子も一緒に暮らせばいいじゃないか」

「向こうが、嫌がってるんだって。おばあちゃんの育てた子とはきっと仲良くできませんって。酷いよねえ。それを受け入れちゃう、あたしのお父さん」

へへ、と晴子が笑って、すぐにそれを引っ込めた。

「お父さんの話だと、おばちゃんは身寄りがないから喜んでくれてるみたいだって。多分、あたしはこの町を出ることになる」

急すぎる。っていうか、どうしてこんなことになるんだ。

「それ、そんなの、いいのかよ」

「おばちゃん、昔から可愛がってくれたの。旦那《だんな》さんに先立たれて独り暮らしだし、まだ元気だし。あたしが高校を卒業するまでの五年くらいは、面倒見てくれるんじゃないかな。お父さんも、金銭的な苦労はさせないって言ってた」

「そんな問題じゃない！　それで晴子は、行くのかよ！」

思わず声が大きくなる。晴子はゆっくりと頷いた。

「おばあちゃんはもう助けてくれない。お父さんはあたしと暮らすのは無理だって言う。それならあたしは、どこでも泳いでいく覚悟をしなくちゃいけないじゃない。だから」

晴子が、俺の腕を摑《つか》んだ。痛いくらい強くて、その強さに驚く。

「ねえ、啓太くん。あのとき言ったよね。よくやったって。あたし、ちゃんとやっていけるよね⁉」

田岡を殴る晴子の手を止めたとき、俺は確かに言った。もういい、晴子はよくやったって。

それは、自分に抱きついて泣き出す孫に、烈子さんがよく口にした言葉だった。よくここまで頑張った。晴子、よくやったね。みんなのいる校門で、大きな声で彼女はいつもそう言っていた。

「言ったよ。だって、俺は昔の弱かった晴子を知ってたから」

だから、烈子さんがいたら絶対に口にしたであろうことを言った。

「いまは、あのときの晴子が死にもの狂いで外に飛び出したんだってことも知ってる。自分一人で生きていく為の、一歩だったことも」

晴子の手があの日のように震えている。その手を解《ほど》いて、ぎゅっと握り返す。

「あのときから、晴子はちゃんと泳げてる。俺がびっくりして笑えるくらい、強くなった。だけど、本当に行くの？　晴子は、それでいいの？」

繋いだ晴子の手は小さくて、頼りない。俺がもっと力を込めたら潰《つぶ》れてしまいそうだった。けれど、俺以上の力で握り返してくる。

「嫌だよ。怖いよ。でも、あたしは考え方を変えるの。啓太くんがここを離れても生きていく覚悟を持って泳いでいるのを見たら、あたしもやれるはずだって思ったの。あたしだって、できる。泳いでいける」

「……でも。でも、晴子は、ひとりじゃないか」

俺には、さっちゃんがいる。でも、晴子には。

晴子の瞳から、ぽろぽろと涙が零れ落ちる。それを拭《ぬぐ》わないまま、晴子は俺に言う。

だからね、啓太くん。お願いだから、もう一度あたしを褒めて。よくやったって、褒めて。そうしたらあたし、頑張れると思う。ひとりでも、頑張れると思うから――。

家に帰ると、さっちゃんが出迎えてくれた。

「おかえり」

「ただいま」

ぎこちなく挨拶《あいさつ》を交わしたあと、ちゃんと話そうよ、とさっちゃんが言う。うん、と頷いた俺の視界の隅には、靴箱の上に置かれた金魚鉢があった。小さなメダカは、ゆったりと泳いでいる。

「出がけにも言ったけどさ、大阪に行きたいなら、行こうよ。俺、ついて行くから」

さっちゃんが口を開くより先に発する。俺じゃ頼りないかもしれないけど、支えられるようになる。だから、もっと頼って。俺たち、親子じゃん。支え合いたいじゃん。

「啓太……」

一瞬くっと息を飲んださっちゃんは、静かに俺を抱きしめた。柔らかで懐《なつ》かしい温《ぬく》もりに包まれる。こんなことされるの、いつぶりだろう。でも昔と違ってもう、さっちゃんとの身長差はほとんどなくて、何だか小さく感じた。

「ありがと、ごめん。ごめんなさい、ありがとう」

さっちゃんの声が濡れる。頼りないなんて考えたこともなかったよ。啓太がしっかりしてるから、ずっと甘えちゃってたの。啓太ならきっと許してくれるって思っちゃったの。こんな母親でごめんなさい。許してくれてありがとう。

その言葉に、胸が温かくなる。微《かす》かに震える背中を、ポンポンと叩いた。

「さっちゃんはさっちゃんだから、それでいいよ。まあ、でもさ、オヤジが見つからないときは、諦めてよね」

「ううん。私、ここで生きていくって決めたの」

さっちゃんは首を横に振る。

「この数ヶ月、啓太のお父さんと三人で暮らす夢を見てた。それはここじゃきっと叶わなくて、でもここを出たって叶わない夢だったの」

「だからさー、叶うか叶わないかなんて、分かんないじゃん。行ってみれば？」

わざと、明るい声を出す。いまの俺ならどこでだってやれる、そんな自信がある。

だけど俺の肩口に顔を埋めたまま、さっちゃんはまたも首を振る。

私がここ以外では生きていけないって知ってるから、りゅうちゃんは私を連れて行ってくれなかったの。ここは、私が生きていける唯一《ゆいいつ》の場所なの。そんなことずっと前から分かってたのに、私は馬鹿だから、もしかしたら頑張れるんじゃないかって思ってしまった。啓太を苦しめているのが分かってたのに、それでも夢見てしまったの。

そうか、俺のオヤジはりゅうちゃんっていうのか。ぼんやりと思う。

それから、さっちゃんの言葉を反芻《はんすう》する。

生きるとか生きていけないとか、大人でも考えて苦しむものなんだ。だったら俺や晴子が苦しいと思うのは当たり前なんだ。大人が苦しみながら泳いでいるのだとしたら、それはとても厳しい現実だと思うけど、でもそういうものであるなら、仕方ないよな。これからも、もがきながら泳いでいくしかない。

「啓太、いままでごめん。改めて、ここで生きていこう」

さっちゃんの声には、もう迷いはないようだった。

「それで、いいの？　後悔しても遅いし、後からの変更は受け付けないけど」

安心させるように冗談めかすと、さっちゃんはこっくりと頷く。それから続けた。

実はね、りゅうちゃんにはここで待ってるって言っちゃってたのよ。

何だよそれ。くすりと笑うと、さっちゃんも小さく笑った。

盆が過ぎた、ある日の夕暮れ。配達中に雨が降り出した。通り雨らしく、空の向こう側には青空と入道雲が広がったままだ。

カゴに入れた新聞にカバーを掛け、潰れたパン屋の軒下に避難する。

「あぁくそ、早く止《や》めよ」

まさか雨が降るとは思っていなかったので、雨具は持って来ていない。タオルで頭を拭きながら、空を見上げる。

「早く止まな、いかな」

目の前を一台の軽トラックが通り過ぎた。何気なく見やって、息を飲む。荷台に、見覚えのある大きな水槽が積み込まれていた。中身をすっかり空にしたそれは、灰霞《かいかすみ》色《いろ》の向こうに瞬《また》く間に消えていく。

ああ、行ったんだな、と思った。

あの晩ふたりで見上げた夜空を思い出した。夏の大三角形を舞うチョコレートグラミー。祖母の口から飛び出した小さな魚はこの水槽まで飛び出していま、広い世界に泳いでいった。

「よくやった。頑張った」

小さく、声に出す。俺の言葉がいつまで背中を押せるかは分からない。だけど少しでも長く、寄り添えますように。

「頑張れ」

そして初めての世界があの魚《こ》にとって優しいものでありますように。生きやすい場所になりますように。センチメンタルな願いをそっと胸の中で呟いて、軒下から駆け出した。

雨が止む。

波間に浮かぶイエロー

　恋人は死んだ。とても寒い冬にふっと訪れた暖かな日の昼下がりに、散歩にでも行くような身軽さでふらりとアパートを出た彼は、小さな田舎町の駅で海行きの快速電車に轢《ひ》かれた。

　同棲《どうせい》していた私のもとに連絡が届いて駆けつけたときには彼の体はとても細かな肉片になり、銀色の袋の中に納まっていた。大柄な彼が入るには窮屈そうな大きさの袋は、奇妙な形に膨れていた。数時間前に向かい合って食事をとっていたひとが、何の前触れもなくこんなものに変わるはずがない。噎《む》せ返るような生臭さの中、警官の制止を振り切って縋《すが》ったそれはひんやりしていて知らない感触がした。同時に、彼が発したとは思えない沼のあぶくが弾《はじ》けるような音が鼓膜を揺らす。五感がそれら全《すべ》てを拒否したときには叫んでいたように記憶しているけれど、間違いかもしれない。紗幕《しゃまく》に覆《おお》われたように、ぼんやりとしか覚えていないのだ。

恋人は自殺だった。残されていた遺書には両親や友人に向けてたくさんの言葉が記されていた。けれど私への言葉はたったひとつもなかった。ごめんもさよならも、ましてや愛してるなど。

沙世《さよ》、ちょっと出てくるね。その一言と、逆光を浴びた深緑色のパーカーの背中だけは記憶に残っている。だけど、その後のことを覚えていない。彼が何か言葉を続け、返事をしたようにも思うけど、定かではない。読んでいた小説が佳境にさしかかっていて夢中になっていたから。ちらりと顔を上げた私は行ってらっしゃいと言ったのか、ひらっと手を振って見送ったのか。

「ああ、うん」

カーテンの隙間《すきま》から差し込む月明かりに照らされたカレンダーをぼうっと眺めていると、声がした。ああ、うん。もしかしたらそんな風に返したんだったかと、はっとする。しかしやはり記憶の水底はまんじりともせず、揺らがない。きっともう永遠に思いだせないのだろうと浅く息を吐く。もう三年もこうやって記憶の底を浚《さら》おうとしているのに、何も摑《つか》めないでいるのだから。

突然、背後に身じろぎするような気配を感じて、身を硬くした。いまこの部屋にもうひとり存在していることを、すっかり忘れていた。

「起きてるんですか、環《たまき》さん？」

そっと声を潜めて訊《き》く。おやすみなさいと言って消灯してから随分時間が経《た》っているはずだけど。少しすると小さな鼾《いびき》が聞こえて、緊張していた体を和らげた。さっきの呟《つぶや》きも、彼女の寝言だったようだ。

そろそろと体の向きを変えて、視線を下げる。ベッドに横たわっている私の方が、彼女より三十センチほど高いところにいる。薄闇《うすやみ》に慣れた目のお蔭《かげ》で、肩まで布団《ふとん》をかけて眠る女性の顔をはっきりと見て取ることができた。

確か年は三十八だったか。私より十も年上だとは思えないあどけない顔をしている。起きて口を開いていても若々しいけど、いまは太陽光の下では主張しがちな法令線や小皺《こじわ》がさっぱりと消えて、少女のようにも見える。発色の鮮やかなシャドウや艶《つや》のあるリップを乗せた顔は綺麗《きれい》だけれど、こっちのほうが魅力的だなと思う。

少しだけ寝顔を眺めた後、布団を被《かぶ》り直して目を閉じた。規則的な彼女の寝息が、眠りへと誘ってくれた。

『軽食ブルーリボン』は、私の勤務先の飲食店だ。駅前から延びる商店街通りの外れで、かれこれ十四年ほど営業している。元は古書店だったという建物は赤煉瓦《れんが》造りで、その古さを象徴するようにびっしりと蔦《つた》が這《は》っている。出窓には黒錆色《くろさびいろ》の飾り格子《ごうし》が嵌《は》められ、木製の黄色いへびの置物とシュガーバインの鉢植えがひとつずつ。それだけで充分ノスタルジックな雰囲気を持っているのだけど、看板がまた可愛《かわい》いのだ。楡《にれ》の一枚板にロマン明朝体で流麗に彫られた『ブルーリボン』。乙女心を堪《たま》らなく刺激する外観は、高橋真琴《たかはしまこと》の描く麗しき少女漫画の世界を彷彿《ほうふつ》とさせる。

去年はどこかの人気ブロガーが『昭和に還《かえ》れる店』、というタイトルで取り上げたらしく、たくさんのお客が訪れた。しかし、とても有難迷惑だった。彼——彼女かもしれないが——はどういうわけだか外観だけ勝手に撮影し、ましてやこちらに掲載許可すら求めなかったため、いらぬ騒ぎを生んだのだ。店内に足を踏み入れてさえいればきっとブログなぞに取り上げなかったと思うし、そうでなければ注意文のひとつくらい書いたに違いないのに。

『店主が超個性的なため、安易な幻想を抱くのは禁止』、と。

ブルーリボンの開店は朝九時で、私は毎日八時に出勤する。スタッフは私と店主である芙美《ふみ》さんのふたりだけだから、手分けをして開店準備をする。芙美さんはキッチンで料理の仕込み。私は店内の清掃とか店先に並べている鉢植えの水やりとかの雑用。

ふたりともだいたい二十分前にすべての支度を終え、それから日替わりランチの味見を兼ねて一緒に遅めの朝食をとる。食後にコーヒーを飲むことまでが、日課だ。芙美さんの淹《い》れるコーヒーは、いつも同じ味がして美味《おい》しい。お客を迎える準備を整えた静かな店内でゆっくりと一杯を味わうと、今日もちゃんと一日がはじまるのだなと思える。

だけどここ数日は少しだけ違う。というのも、もうひとり増えたからだ。

「今日は和食の気分だったのになあ。それに、ベーコンって嫌いなのよね、わたし」

「うるさい女ねぇ。嫌なら食うんじゃないわよ。沙世、こいつの皿片づけちゃいな」

「食べるし。わたしはこれでも、出されたものはきちんと食べるようにって躾《しつ》けられて育ったんだから」

「でも、文句は言ってもいいって躾けされてたわけね？　あんたの親の子育て、穴だらけね」

「あ、このコンソメスープ、味付け濃くない？　辛いんだけど」

「うそやだ、そんなことないでしょう。ちょっとこっち寄越してみなさいよ」

「あ、何すんのよ！　わたしの皿から味見しなくていいじゃない！」

かしましい、というのはこういうことを指すのだろうか。目の前で往復するお皿と本気の形相で口論を始めたふたりを眺めながら、バターが滲《し》みこんだトーストを齧《かじ》った。

芙美さんと言い合っているのは、環さん。まだブルーリボンをオープンさせる前の、ごく普通の会社員だった芙美さんと同じ会社に勤めていたそうだ。環さんは新卒で入社して一年ほどしか在籍しておらず、彼女よりみっつ上の芙美さんも彼女とほぼ同時期に退職しているため一緒に過ごした時間はとても短いらしい。しかも、退職後は全くの没交渉だったという。

ひととの付き合いで大事なのは、過ごした長さではなく密度だと聞いたことがあるけれど、この人たちを見ていると図々《ずうずう》しさが一番大事なのではないかと思う。だって、あまりにも遠慮がなくてうるさい。

「ああもう。もっとゆっくり食事したいのに、全然できないじゃない。いい加減にしてよ、重史《しげふみ》！」

「その名前で呼ぶの止めて！　あたしの名前は芙美。ちゃーんと戸籍だって変えてるんだからねっ」

「四十過ぎの小汚いおっさんのクセに、綺麗な名前つけてんじゃねえよ」

「ふん、うるさいわね。あんただって厚化粧ババアじゃないの」

「何よ！　厚化粧通り越して特殊メイクみたいになってる重史に言われたくない！」

「あ、またその名前で呼んだわね。今度その名前を口にしたら、追い出すからね。あたし、本気よ」

本当に、うるさい。

芙美さんは『おんこ』だ。『おんこ』とは女に変異する男の途中経過の名前、らしい。芙美さん曰《いわ》く『おんこ』は手術などで肉体に変化を加えるものではなく、戸籍を変えるシステム的なものでもなく、時が満ちれば『女』になるのだそうだ。全く意味が分からないのだけど、どう好意的に受け取ってもスピリチュアルなものっぽいから、深く詮索《せんさく》していない。

そんな『おんこ』であるが、傍目《はため》から見ると女装家とかおネェと呼ばれる存在と近いところに分類されるものだと思う。芙美さんはまさしく、女装している。それもとても、派手派手しく。

ショートヘアの髪は根元まできっちりと金色に染められ、いつも藍色《あいいろ》のレース編みのヘアターバンをしている。ムカデの足のような睫毛《まつげ》エクステをし、シャドウはラメの入ったブルーがお気に入り。ファンデもチークもしっかり叩《たた》き込まれ、真っ赤なルージュはアンジェリーナ・ジョリーばりにもっちりと肉厚に塗られている。そしていつも、トレードマークのように黄色い服を着ている。きっと黄色以外はクローゼットに並ぶ権利は与えられないんだろうなと思うくらいに、決まって黄色。ちなみに今日はレモンイエローのシャツワンピースに黒のトレンカという組み合わせである。背は百七十くらい。肩幅が広くがっしりしていて筋肉質。ノースリーブを着ようものなら丸太のような腕がうるさいくらい自己主張してくる。そして色黒で、毛深い。品の良い調度で彩《いろど》られた店内において、その存在は異質という言葉がぴったりで、予備知識もなしに入って来たお客さんは大抵のけぞって店を飛びだしていく。店構えからお洒落《しゃれ》なマスターを想像して来たのか、悲鳴を上げて泣きじゃくった女子高生もいた。『おんこ』とは何かと訊かれたら、ブルーリボンにおいてのドラァグクイーンの別称だ、と答えようと思っている。残念ながら、訊かれたことはこれまで一度もないけれど。

「ほんと、心臓に悪い風体《ふうてい》してるよね。この姿を見た瞬間、間違えてホラーハウスに入り込んだのかと思った」

サウザンドレッシングをほんの少しだけかけたサラダを頬張りながら環さんが言う。

「経理の高橋《たかはし》さんが出迎えてくれるものだと思ってたら、化け物登場だもん」

「顔色真っ青になってましたもんね、環さん」

「しげふ……こいつのせいで、わたしの寿命は確実に目減りしたわ」

環さんがやって来たのは十一月に入って初めての月曜日──四日前の昼下がり。ランチタイムを過ぎて客もいなくなり、ふたりで交互に休憩を取っていたときのことだった。カウンター席に座って焼きそばを啜《すす》っていると背後の扉に付けられているカウベルが鳴り、ぴゅうっと冷えた風が舞い込んだ。反射的に振り返れば、茶色のロングコートに身を包んだ綺麗な女性が立っていた。三十を少し越したくらいか、化粧がちょっと濃い目だけれど下品ではない。大きなボストンバッグと紙切れを持った彼女は厳しい顔つきで、それでいて物珍しそうに店内を見渡した。こんな田舎町に観光客なんて珍しいなと思う。そして同時に、この店に辿《たど》り着くなんてなんと不運なと同情した。彼女と視線がかち合ったので、いらっしゃいませと言う。それから奥で洗い物をしている芙美さんに、お客さんですと声をかけた。

『すぐお冷《ひや》をお持ちしますね。どうぞ、お好きな席に』

『あの、ここって高橋さんのお店であってますか？　わたし、訪ねて来たんですけど』

女性が口にした名前に聞き覚えがなくて首を傾《かし》げる。店主は芙美さんですけどと言いかけて、そういやそんな名字だったかと思う。下の名前でしか呼ばないものだから、咄嗟《とっさ》に思い出せなかった。

『タカハシってあたしだけど、誰ぇ？』

芙美さんがのそりと姿を見せると、女性はひっと小さく悲鳴を上げた。大きな目を限界まで見開いて、それから何度も瞬《まばた》きをする。

『あ、あの、あの、佐伯《さえき》テクノロジーにいた高橋、さん？　あの、わたし、環、ですけど。受付にいた……旧姓が、遠藤《えんどう》。遠藤環』

今度は芙美さんの表情が固まった。ゆっくりと彼女を見回し、彼女の手元を凝視する。葉書、と呟きを洩《も》らした。

『そ、そうこれ！　前に送ってくれたでしょ？　だから、これを頼りにここまで来たんだけど』

おずおずと手にしていた紙切れを差し出す環さんだったが、警戒しているのか近づくことはしなかった。芙美さんも動かない。なのでちょうどふたりの間に位置していた私が受け取って、芙美さんに渡した。それは古い葉書で、いまより若々しいけれど色褪《あ》せたブルーリボンの外観写真が載っていた。『会社を辞めて、友人とお店を始めました。いつでも待っています。重史』と走り書きがある。

芙美さんはのろのろと葉書に視線を落とし、『……あたしが、出したものだわ』とゆっくりと言った。

『そう、会社を辞めて、ここをオープンさせるときに、環さんに出したわ。でももう来ないだろうって、思ってた。だってあまりにも、時間が過ぎたもの』

『嘘《うそ》……じゃあ、本当にあの高橋さんなの？』

環さんの顔色は最早《もはや》血の気が失《う》せていて、膝《ひざ》は少し震えていた。芙美さんが視線を上げると、びくりと大きく震えた。

『ええ、そうよ。あたしは佐伯テクノロジーの経理課にいた高橋重史よ。それで環さん、あなたはいまになって一体何をしに来たの？』

冷淡にも聞こえる問いに、環さんが唇を引き結んだ。ゆらりと彷徨《さまよ》った視線に僅《わず》かに躊躇《ためら》いのようなものが見え隠れし、しかしすぐに口を開く。

『勿論《もちろん》……勿論約束を守ってもらいに来たの。わたしの願いごと、ひとつだけ何でもきくって言ったよね』

芙美さんが頷《うなず》く。ええ、ちゃんと覚えてるわよ。それであなた、願いごとをしに来たってわけ？　環さんがこくりと頷き、下腹部に手を添えた。

『わたし、妊娠してるの。父親である旦那《だんな》は浮気相手のところに出て行っちゃって、ひとりきり。だから、わたしの面倒を見てちょうだい』

芙美さんの二匹のムカデの足が揺れ、真っ赤な唇がぽかんと開いた。

「――さて、お皿洗い終了っと」

文句を言いつつも親の躾け通りにきちんと完食した環さんは三人分の食器を洗い終わって、満足そうに言った。食事の後の三人分の食器洗いが、環さんに割り振られた仕事だ。面倒は見るとはいえ労働しない者に飯は食わせられないから、賄《まかない》の皿洗いくらいはしなさいと芙美さんが言ったからだ。環さんはそれに、素直に従っている。

「じゃあ、ランチタイムが落ち着いたころに昼ご飯を食べに来るね。ふたりとも、頑張って労働してねー」

コートを着てマフラーをくるりと巻いた環さんは、ひらひらと手を振って店を出て行く。すっかり落葉した街路樹の下を、のんびりと歩いて帰っていった。

環さんは店から徒歩十分ほどの距離にある、私が独り暮らしをしているアパートで寝泊まりすることになった。店の二階は芙美さんの住居になっていて空き部屋もあるのに、芙美さんが一緒に生活するのを嫌がったのだ。かといって急に部屋を借りられるものでもなく、ホテル住まいは環さんが嫌だというので、とりあえずワンルームの部屋でよければと私が申し出た。環さんはそれを了承し、芙美さんは家賃の半分を持つからと言ってくれた。

「図々しい女よねえ。皿洗いだけで本当に全部許されて居候《いそうろう》できると思ってるんだから！」

焼き飯を作りながら苦々しく言う芙美さん。この店はお洒落な見た目の割にメニューはダサい。おすすめメニューがモツ煮込みと焼きそば、鯖《さば》の味噌煮《みそに》だし、スイーツとなれば白玉ぜんざいと蜜柑《みかん》入りの牛乳かんだ。いや、とても美味しいけど。

「いや、わがままで綺麗な女っていいよ。特にああいう気の強そうなの、俺は好みだねぇ」

常連の保《たもつ》じいさんがニヤニヤしながら言う。ブルーリボンはこんな店主ではあるけれど固定客が多く、それなりに繁盛《はんじょう》しているのだ。その中でも独り身の保じいさんはここを自分の台所だと言いきっており、ほぼ毎日通って来るので誰よりも早く環さんのことを知った。

「芙美ちゃんが羨《うらや》ましいや。そんな形《なり》してても、追いかけてくる美人がいるんだもんなあ」

環さんが既婚でしかも妊娠中だということは、保じいさんは知らない。昔の知り合いが急に転がり込んできたとしか。

「女に言い寄られたって鼻くそほども嬉《うれ》しかないわよ。何より、この顔を追いかけてくるような酔狂な人間もいないっての」

がははと芙美さんが吠えるように笑う。芙美さんの声はとても野太い。夕立と共に現れる雷のように、お腹《なか》の深いところまで響いてくる。

「あの子はねえ、鼻が利《き》くのよ。誰に頼ったら自分を守ってくれるかって分かってんの。それだけよ」

「ふうん。ってことはあれか、芙美ちゃんの方が向こうに惚《ほ》れてたって、そういうことかい」

保じいさんも、傍でシルバーを磨きながら聞いていた私も、やぁだ違うわよ、友情ってやつよー、なんていう返答があると思っていた。しかし、リズミカルに振られていたフライパンがぴたりと止まって、沈黙が訪れた。私と保じいさんの視線がばちんと合う。まさか図星？　と目で会話する。

「へ。へぇ、そうかい。芙美ちゃんも普通の男だった時代が、あったってことかい」

「……好きになった女だから、無下《むげ》にできないの」

再びフライパンが音を立てて揺らぎはじめ、保じいさんは少し考えた後、そうかそれはいいねえと皺くちゃの目を優しく細める。私はフォークの柄を擦《こす》りながら、広い背中を見る。少し、驚いていた。『おんこ』の芙美さんしか知らないからなのか、芙美さんが普通の男のように女性を好きになったころがあるなんて、想像できなかったのだ。保じいさんの言うように『男』だった時代があってもそれは全くおかしい事ではないのに。昔、ふたりの間でどんなやり取りがあったんだろう。ぼんやりと考えた。

私は昼休憩とは別に、夕方に一時間の休憩時間が貰《もら》える。普段は部屋に戻って洗濯物を取り込んだり買い物に出かけたり、雨の日は二階の空き部屋で仮眠を取ったりする。今日は、駅裏にある図書館に行きたいけど場所が分からないと言う環さんを案内すべく外出した。

「うら寂しい場所よねえ、この町」

商店街を並んで歩いていると、環さんがため息を吐《つ》いた。環さんはいままでずっと利便の良い都心に住んでいたそうで、何もないこんな町では時間を潰《つぶ》せないと言う。

「閑静って言えば聞こえはいいかもしれないけど、わたしは苦手だな。せめてもうちょっと賑《にぎ》やかだったらいいのになあ。沙世ちゃんは、この町に住んで長いの？」

「かれこれ三年です」

全く縁のないこの町にわざわざ住み移ったのは、恋人が轢かれたのがこの先の駅のホームだったからだ。警察や知人たちは死に場所を探してたまたまここに辿り着いただけだろうと言ったけれど、何か残されているのではないかとここに来た。もちろん発見などなくて、彼の消えた場所に居続けることに意味があるのだろうかと時折考える。

「ふうん。よく飽きないね、こんな退屈な町」

「慣れてしまえば、落ち着いたいい町ですよ。でも、もう少しこの辺りは活気があってもいいかもしれませんね」

近くにできた大型ショッピングセンターのせいでこの商店街が大打撃を受けたのは随分昔の話だそうだ。私がここに来たときには既に、錆の浮いたシャッターばかりが目立つ寂しい場所になっていた。それでも、芙美さんが言うにはブルーリボンの開店当時はとても人通りが多く、賑わっていたそうだ。ブルーリボンもしょっちゅう行列ができていた、なんていまじゃ嘘みたいな話も聞いた。

「それ本当の話？　よくお客さんが逃げなかったね」

ぷっと環さんが噴き出す。

「ああそっか、まだあの格好じゃなかったわけだ」

「いいえ、常連さんたちが言うには、開店当時からあのキレキレのスタイルだったそうですよ」

「……開店当初から？　確か、会社を辞めて一年くらいでオープンさせたはずよね」

「はい。それは葉書が届いていたわけだし、環さんの方が詳しいですかね。あ、環さんはお煎餅《せんべい》好きですか？　そこの『磐田《いわた》おかき』の手焼き煎餅、すっごくおいしいんですよ」

　磐田のおばあちゃんがひとりでやっている老舗《しにせ》の煎餅屋は、ザラメ煎餅が絶品である。何度かテレビ取材を受けたこともある、この商店街の名物的お店だ。環さんの返事も待たず店に入り、二枚買い求める。すぐに食べると言うと、おばあちゃんは懐紙に包んで渡してくれた。

「はい、環さんどうぞ。食べながら歩きましょう」

　齧りながら店を出て、一枚を環さんに渡す。ざくっとした食感と甘じょっぱさが美味しくて顔が綻《ほころ》ぶ。しかし環さんは煎餅を手にしたまま押し黙っている。

「あ、嫌いでした？　押し付けがましかったかな、すみません」

「え？　あ、ううん、そんなことない。ありがとう、食べる」

　はっとした環さんは煎餅を齧ったけれど、やっぱりあまり好みではなかったようだ。明るくない表情で黙って咀嚼《そしゃく》する。それから、ねえさっきの話だけど、と私の顔を見た。

「あの格好で、どうして店が繁盛したの？　昔はいまよりもっと、マイノリティに厳しかったしさ、下手したら潰れちゃわない？」

ざくり。煎餅を齧ったあと、思わず笑う。

「確かに、その点は絶対気になりますよね。実はですね、当時は表には滅多に出ずに、調理だけしていたんですって。あの姿はお客さんの目に触れなかったんです」

「へ、ぇ。でも接客は？　誰か雇っていたの？」

「芙美さんのお友達が共同経営者だったんですって。お友達が接客、芙美さんは調理って感じで完全に分けてたって聞きましたね」

「ああ、そういえば友達と一緒にって書いてあったっけ……。でも、そのお友達っていうのはどうしたの？　全然見かけないけど」

「方向性の違いから、決別しました」

前に芙美さんからそう言われたとき、私は思わず笑ってしまった。アマチュアバンドの解散理由じゃないんだから、って。環さんもクスリとでも笑ってくれるかと思ったのに、しかし表情は硬いままだ。続きを待つようにじっと私を見るので、肩を竦《すく》めて続けた。

「芙美さんは理由を濁すから、本当のところは分かりません。でも私は、そのお友達が芙美さんの恋人で、何らかの理由でフラれちゃったんだろうなって思ってます。まだ好きなんじゃないかな。あいつのお蔭であたしは生きてるって、芙美さんいまでも言うから」

芙美さんは酔っぱらうといつもそう言って泣く。いい奴《やつ》だったのよ、いなくならなくったっていいじゃないよ、ねえ。

「……へぇ、恋人。どんなひとだったんだろ。男？」

「そうです。いい奴だったって、知ってるひとはみんな言います。まあ、あの芙美さんの相方なんて、よほど人間ができてないとって思いますよね」

環さんは黙々と煎餅を齧る。全く喋《しゃべ》らなくなって、どうも不機嫌そうで、何か変なことを言っただろうかと考える。しばらく会話のないまま、閑散とした商店街を歩いた。足元から掬《すく》うような、冷たいつむじ風が起こり、枯葉が舞う。軽く身震いしてちらりと隣を見ると、環さんは左手で右手を撫《な》で擦《さす》っていた。真っ白な手の甲の先のしなやかな指。薬指の付け根だけ、見えない輪っかで締め付けられているように窪《くぼ》んでいた。

駅前に出たころ、ようやく環さんが口を開いた。

「ひとってきっとそういうものなんだ。ずっとなんて最初から無理なんだよ」

それは突然の独り言のようで、私に向けられている気がしなかった。え、え？　と間抜けな声を漏らす私の方を見ず、環さんは続ける。

「約束だって気持ちだって簡単に捨てられちゃうんだよ！」

吐くように言った環さんは懐紙をぐしゃりと握りつぶした。意味が分からずに、私は立ち尽くして彼女を見るしかなかった。はあ、と大きなため息を吐いた環さんは、横にいる私を見て、慌《あわ》てて笑顔を作る。

「ごめんごめん。何かちょっと、ぼうっとしてた。あ、もう駅の前だったんだね」

わざとらしく周囲に目をやって、あ、と声を上げる。

「図書館の看板が見えた。あれを目印にすればいいよね。ありがとう、沙世ちゃん。ここまでで大丈夫。それと、ごちそうさま」

にこりと取ってつけたような笑いを向けて、環さんは早足で去って行った。背中が見えなくなるまで見送りながら、さっきの彼女が吐き捨てた言葉を拾う。

「簡単に捨てられちゃう、ね……」

私は恋人に、捨てられたのだろうか。恋人は、私への気持ちを捨てて、死んだのだろうか。しばらく目の前に立つ駅舎を見上げ、それから来た道を戻って行った。

環さんがやって来て十日目の夜、芙美さんが改まった態度で話があると言った。

「ねえ環さん。そろそろここにも落ち着いてきたと思うの。だから、きちんと話をしましょう」

店の営業は十九時までで、片づけを終えた後に私たち三人は店内の隅の席で食事をしていた。残り物の豚汁を啜っていた環さんが、何が？　と訊く。

「何が、じゃなくてこれまでの事情とか、これからのこととかよ。あたしたちは、あんたが妊娠何週目なのかも知らない。だからちゃんと、順を追って説明してちょうだい」

「どうして言わなくちゃなんないの」

芙美さんを見ないままの環さんの言い方はどこか投げやりだ。眉根《まゆね》をぎゅっと寄せた芙美さんが、それでも丁寧に言った。

「あたしはあんたの面倒をみてる。だから最低限のことだけでも訊く権利はあると思うわ。それに、いつまでも沙世の部屋に置いておくわけにもいかないし」

「芙美さん、私は別に」

「沙世は別にいいって言うんでしょうけど、だからってなあなあで済ます問題でもないわ。さあ環さん」

汁椀《しるわん》の縁に張り付いた椎茸《しいたけ》の薄切りを箸《はし》で摘《つま》み、口に運ぶ。ゆっくりと咀嚼した環さんは、テーブルを挟んで正面にいる芙美さんをちらりと見やった。

「……早く出て行けって言いたいわけ？」

「そうじゃない。これからのことを話しあって、きちんと決めましょうって言ってるの」

「あんたと何をきちんと決めようって言うの」

「だから、いろいろあるでしょう。何でそんな言い方するの」

どんどん不穏な空気に変わっていく。環さんの横に座っていた私は、口を挟んでいいものか躊躇い、おろおろと交互にふたりを見るしかない。

環さんが来てからずっとうまくいっていた仲がおかしくなってしまう。いや、あの日の夕方以来、環さんはずっと不機嫌そうだった。こうなる日は近かったのかもしれない。でもこの事態の引き鉄《がね》が見えない。

「わたしは面倒を見てって言っただけで、首を突っ込んでいいとは言ってないよ」

「そんな勝手のいいことがまかり通るわけないでしょう。甘えすぎじゃないの、あんた！」

雷が鳴り響き、芙美さんがテーブルに両手を力任せに叩きつける。大きく揺れて、食器が音を立てた。レモン水の入ったグラスが倒れてクロスに滲《にじ》みを広げる。慌てた私が布巾《ふきん》を持ってきて拭《ふ》く間、ふたりは睨《にら》み合っていた。

張りつめた緊張の糸を切ったのは、環さんだった。右目から溢《あふ》れた涙が、ゆっくりと頬を伝う。顎先《あごさき》で雫《しずく》に姿を変えたそれは、手にしていたままの汁椀に落ちた。水音は、しなかった。

「……なによ。泣かなくったって、いいじゃない」

「約束を破るって言うの」

「破る破らないじゃないわ。約束だからって何でも黙って受け入れられるわけないって話じゃないの。あんただってそれくらいのこと分かってるわよね？」

芙美さんの声音が、優しくなろうとする。器をテーブルに置いた環さんが俯《うつむ》いたまま首を横に振る。違う違う、と言う。

「こんなの違う。わたしの知ってる高橋さんじゃない。わたしはこんなひとを頼って来たんじゃない」

感情を押し殺すような平坦《へいたん》な声はしかし確かに震えていた。芙美さんがくっと息を飲む。テーブルの上のごつい手が固い拳《こぶし》を作った。

「あんたは、あたしに何を期待してるのよ」

「もういい」

環さんが立ち上がり、椀を芙美さんに投げつけた。底に残っていた汁が芙美さんの顔にかかる。

「化粧はヨレてるわ髭《ひげ》が伸びてるわ、きったない顔。化け物になって、あのときの心をなくしちゃったんじゃないの」

言い捨てて、環さんはコートを摑んで飛び出して行った。身重だというのに、走っている。乱暴に揺れるドアを見て彼女の名前を叫んだのは私だ。

「環さん、待って！」

「追いかけてやって、沙世」

私が使っていた布巾で顔を拭いながら芙美さんが言う。いい年して何してるのかしらね、あの子。知り合いもいない土地で、行くところなんてないくせに。悪いけど、あんたが宥《なだ》めてやって。

頷いて、彼女の後を追いかける。店を走り出たとき、何であんな女を、と芙美さんが小さく呟くのが聞こえた。

店からアパートの間には、小さな公園がある。僅かな敷地に申し訳程度の花壇と滑り台、ブランコがあるだけの面白味のない公園だ。昔は砂場があったらしいけど、異物混入だとかで撤去されたと聞く。環さんはその公園の、ふたつしかないブランコにちょんと腰かけていた。息切れをしている電燈《でんとう》が彼女の姿を点滅させていた。

「環さん！　よかった、いた」

一度アパートまでダッシュをし、見つけられなかったので戻ってきた私の息は上がっている。ひいひいと全身で息をしながら彼女に駆け寄る。

「さ、寒くないですか。とりあえず、アパートに帰りましょ、体に障《さわ》るし」

「……沙世ちゃんは、優しいね。しっかりしてるし、わたしなんかよりよっぽど偉いね」

キィキィとブランコを揺らしていた環さんが、私を見上げて小さく笑う。泣きじゃくっているのではと思ったけれど、彼女の顔に涙の痕《あと》はなかった。

「沙世ちゃんには、謝らなきゃいけない。沙世ちゃんは、わたしの面倒を引き受ける理由はないもんね」

「私は別に。環さんがいることで助かってることもありますし」

環さんが立ち上がる気配がないので、隣のブランコに腰かけて荒くなった呼吸を整える。錆《さ》びた鎖に手を掛けると、氷みたいにひやりとした。

「助かってる？　どうして」

「ねえ、環さん。少しでも、事情を聞かせてもらえませんか？」

少しだけブランコを揺らしながら言う。ゆらゆらり。

「芙美さんは環さんのことを心配してるんです。もっと助けになるには、どうしても事情を知らないといけないじゃないですか。だから、少しでも教えて欲しいなって思います」

隣の環さんが微《かす》かに揺れる。錆びた金属が軋《きし》む音がする。

「心配してる？　あの人が本当に？」

「勿論ですよ。芙美さんがあんな風に時間をとって、言葉を選びながら話すことってそうそうないです。普段なら、ここに来たあの日に質問攻めしてると思うもの」

元々はとても知りたがりで首を突っ込みたがる。そんな人が十日も我慢していたなんて、すごいことだ。

果たして、環さんがぽとりと言う。

「……四ヶ月に入ったところ。予定日は来年の五月」

「ええと、まだ安定期ってやつではない？　悪阻《つわり》が激しい時期ですか？」

縁のないことなので、知識が乏しい。環さんはゆるゆると首を横に振った。

「悪阻はもうなくなったし、そろそろ安定期に入る。先月まではしょっちゅう吐いてたけど」

へえ、と短く答える。それから少しだけ考えて、どうしたって避けられない話題を切り出した。

「御主人とは……、どういう状態でしょうか」

「妊娠が分かるちょっと前に浮気していることが分かって、出て行けって暴れて追いだしてやったまんま。いまは浮気相手のところにでもいるんだと思う」

「それから連絡、ないんですか？」

訊けば、知らない、と投げやりな口調で返ってくる。わたしの携帯は叩き割ってゴミと一緒に捨てたし、家の電話は鋏《はさみ》で線を切ってやった。玄関の鍵《かぎ》も交換したから、部屋にも入れない。だから、知らない。

それってやりすぎじゃないの、と唖然《あぜん》としてしまう。ここに来た当初、夫は出て行ったなんて言ってたけど、自分で追いだしたんじゃないか。

「え、えっと。妊娠が分かる前にってことは、もしかして妊娠してるってこと」

「知ってるわけ、ないじゃない。浮気男に言ってどうなるの」

むしろ絶対に教えない、と環さんは言う。

「わたしからあいつに教えてやるつもりなんてない」

「い、いやでも父親だし、やっぱり言わないといけないんじゃ」

「この子を産んだ後に言う。父親としての責任は、果たしてもらうつもりだから」

環さんがまだ膨れていないおなかを撫で擦りながら言う。産んだ後ということは、彼女はそれまでここにいるつもりだったのだろうか。この辺りで評判のいい産婦人科はどこだっただろう。常連の中には経産婦が何人かいたっけ。

「もう少しここにいたいと思ってたけど、もう無理っぽいよね。わたし、出て行く」

「行くあて、あるんですか？」

「……どうにでもなるし。頼るひとくらい、いくらでもいるし」

目を逸《そ》らしてぶっきらぼうに言う。この人はきっと、嘘を吐《つ》くのが下手だ。

「でも、環さんはここにいたいと思ってたんですよね。ねえ、ちゃんと芙美さんに話しましょうよ。芙美さんは約束を反故《ほご》にするような人じゃないし、話しさえすればダメなんて言いませんよ。絶対に、大丈夫」

おなかにあてた手が動きを止める。環さんの視線がぼうっと彷徨うように動く。

「……ねえ沙世ちゃん教えて。あのひとの言う『おんこ』って何？　あのひとはどうしてそんなものになったの」

答えを用意している問いだったけど、それを使うときではなかった。私は考える。それは本当のところよく分からない。私が出会ったとき芙美さんはもう既に『おんこ』の芙美さんで、それがもう当たり前だったから。私は、普通の男のひとの芙美さんの姿を想像する方が難しい。

思いあぐねていると、環さんが昔はね、と話し始めた。

「昔、わたしと一緒の会社にいたときはごく普通の、冴《さ》えない男だった。地味で存在感無くて、NOって言えなくて調子のいい奴のパシリに使われちゃうような」

ええ？　嘘でしょう、と驚いて大きな声が出る。そんなの、芙美さんじゃない。

「嘘みたいよね。でも、そうだった。わたしが挨拶《あいさつ》でもしようものなら顔を真っ赤にしてどもるの。お、おはようございます、遠藤さん！　って大きな声で。わたしのほうがみっつも下なのに敬語で、周囲の人たちがそれを聞いてクスクス笑ってた。そしたら彼は益々《ますます》顔を赤くして、すみませんってわたしに謝るの。謝る必要なんてないのにね」

環さんの声が、愉快そうにそっと揺れる。芙美さんは、環さんのことが好きだったんでしょう？　と言うと、彼女は頷いた。

「あのときは確かに、男だった。わたしのことが好きな、普通の男だったはずなの。それなのにどうして、変わったの。どうして、女になんてなろうとしてるの」

遠くで、誰かの笑い声がした。駅から家へと帰って行くひとたちのものだろうか。楽しそうな声はゆっくりと遠ざかっていった。

「……時間、ですかね。十五年ですよ、人が変わるには充分な時間だと思います」

考えた末に言う。芙美さんと環さんの空白の時間は長い。その間に、互いには知りえないたくさんのことがあったはずだ。

だけど環さんは首を横に振った。駄々をこねる子どものように乱暴に。

「そんなの関係ない。だってあのひと、わたしに言ったのよ。きっと一生環さんが好きです、って。だから安心して、って。それは真実だって、信じることができたのに。わたしは、信じてたのに」

環さんの声音が強くなる。それで私はようやく、彼女の不機嫌の理由を知った。

「会社を辞めて、一年経つ頃に葉書が届いた。待ってますって書いてあって、嬉しかった。この人は本当に一生わたしのことを想《おも》うんだろうなって。でも、そのときにはもうあのひとは別の生き物に変わっていて、好きなひとまで作ってたんでしょう？

わたしと離れた、たった一年で。あのひとはわたしに、嘘を吐いたのよ」

外灯が点滅する。無秩序な光の中、環さんの横顔を見る。泣き出しそうにも、怒ってそうにも見える表情。この人は私より年上で充分大人なのに、幼弱《ようじゃく》だ。そして、とても傲慢《ごうまん》で、愚かだ。自分は他の男と結婚して、妊娠して。十五年も音信不通でいたくせに、それでも不変の愛が自分に注がれていると思っていたのだろう。きっと疑いもせず。

小さく、彼女に気付かれないくらい微かに、私は笑っていた。未《いま》だに純粋な驕《おご》りを持ち、それゆえに傷ついている彼女が愛らしいと思って。いや違うかもしれない。何も分かっていない女への、ただの嘲笑《ちょうしょう》なのかもしれない。私の唇は弧を描く。

「バカよね、信じちゃって。ほんと、バカ」

環さんが力なく呟き、私は黙る。少しの沈黙が訪れた。鎖を掴んでいた手が少し悴《かじか》んできたので両手を擦りあわせて、息を吹きかける。十一月の夜は、寒い。とりあえずアパートに帰るよう促そうと公園の入り口に視線を投げて、はっとした。

「……芙美さんは、環さんのことを大事にしてますよ。昔とは姿が変わっているかもしれないけど、想いの形も変わってるかもしれないけど、でもいまも大事にしてます」

「どうして、そんなこと分かるの？」

「ちょっと待っててください」

立ち上がり、入り口へと小走りで向かう。コンクリート製の車止めの上に、缶飲料がふたつ置かれていた。触れてみるとまだ熱いのに、周囲を見渡すけれど誰もいない。ただ、嗅《か》ぎなれた匂《にお》いが残っている気がした。それを持って駆け戻る。

「はいこれ。きっと、芙美さんからです」

「あ……。あったかい」

環さんは缶を一度両手で抱えてから、私はすぐに、プルタブを開ける。湯気と共に甘いレモンティの香りが鼻を擽《くすぐ》った。一口飲むと、喉《のど》から熱の塊がそっと伝う。それは胸の辺りで溶けるように広がっていった。ほう、と吐く息が白く、すぐに闇《やみ》に溶けていく。

「そろそろ、帰りましょうか」

缶の中身がなくなりかけたころに言うと、環さんが頷いた。

部屋に戻るとすぐにヒーターをつけ、交互にお風呂《ふろ》に入って冷えた体を芯《しん》から温めた。それから寝支度を整えて布団《ふとん》に入る。室内灯を消してふっと息を吐き、今日はなんだかとても疲れた一日だったなと思う。それでもなぜか、眼が冴えていた。

「あの、環さんはもう寝ますか？ よかったら、環さんの知っている昔の芙美さんの話を聞かせて欲しいです」

多分環さんも同じで眠れないんじゃないだろうか。そう思って訊《き》けば、暗がりから環さんの声がする。沙世ちゃんも、眠たくないの？

「ええ、そうなんです。それに、芙美さんが『経理の高橋さん』だったころがすごく気になっちゃって。芙美さんが男だったなんて、信じられません」

環さんが噴き出す気配がした。さざ波のように緩く笑い続けた後、眠くなったらそのまま寝ていいからね、と声がする。

「わたしもね、誰かに話したいって思ってたんだ。あのひとを見てたら、もしかしたら高橋さんはわたしの作りだした幻だったのかな、って不安になってたところだったんだよね」

次は私がくすくすと笑った。ふたりの笑い声が重なりあって消えると、環さんが話し始めた。

「大学を卒業して入社して、すぐに彼氏ができたんだ。わたしよりひとまわり上の営業課の係長で、村井《むらい》さんっていうの。かっこよくて優しくて、大人って感じだった。それまでは同い年のひととしか付き合ったことなかったから、彼の包容力がとても魅力的に映って、もう夢中だった。色んなはじめてをくれたし、色んなことを教えてくれた。運命のひとって感じだったなあ。でも、あのひとには奥さんも、子どももいた。子どもなんて、三人もだよ。全員男の子だったかな、確か。冷静にみればわたしとのことはもう絶対遊びとしか考えられないのに、あのときのわたしって本当にバカだったから、自分がとても高度で切ない恋愛をしているって、思いこんでた」

時折、小さく相槌《あいづち》を打つ。暗闇の中で環さんの声だけが広がっていく。

「彼と付き合い始めて一年くらい経《た》ったある日のこと、仕事中にすごく気分が悪くなったのよ。おなかが痛くて吐きそうで、トイレでうんうん唸《うな》ってね。でも全然治らないの。ああもうこれはどうにもならないから病院に行かなきゃって思って立ち上がった途端、おなかの——下腹の奥でぱんって音がした。そこからは記憶になくて、気付いたら病院のベッドの上。体には色んな管が付いて、思うように動けなくなってた。妊娠してたんだ、わたし。妊娠っていっても、受精卵が子宮でなく卵管にくっついて、卵管の中でおっきくなるっていう子宮外妊娠だった。わたしが聞いたのは、大きくなった受精卵がどんどん育って膨れて、卵管を破裂させた音だったのね。わたしは、わたしの子どもが弾《はじ》けて消える音を聞いたの」

　思わず、自分の下腹部を両手で押さえた。命が消える音が聞こえた気がして、粉々になった赤ん坊の欠片《かけら》を想像して、ぞっとする。気を抜けば耳の奥で沼のあぶくが弾ける音が蘇《よみがえ》ってしまいそうで、環さんを急《せ》かすように続きをせがんだ。環さんは私の異変には気が付かず、続ける。

「目覚めたときには、世界は変わってた。わたしの体は知らない間に小さな命を失ってて、自分自身も死にかけてぼろぼろ。今後は妊娠しにくくなるかもしれないって言われて、ショックだったな。会社では、不倫がバレて大騒ぎ。バレた経緯っていうのが、これがまた情けないの。とにかく彼氏に連絡してあげなくちゃ、って同期の子がわたしの携帯を見たら、村井係長とのラブメールで溢れてましたって、そんな感じ。彼氏がいることは言ってたんだけど、それが誰かなんて言えないでしょう？

　駆けつけた両親は未婚の娘が情けないみっともないって泣くし、見舞いに来たひとたちは興味津々《しんしん》な顔をしてた。直属の上司は、退院したら異動になると思うって言いにくそうにしてたなあ。村井さんは、いつまで待っても来なかった。そしたらわたしが一番嫌いだった女の子が、係長は奥さんに今回のことがバレて土下座して赦《ゆる》してもらったみたいだよって教えてくれた。環ちゃん、慰謝料とか請求されちゃうんじゃないの。それって可哀相《かわいそう》ね、残されたのは欠陥品になった体だけなのにね、ってとっても綺麗《きれい》な笑顔で。彼女が係長のことを好きだったって知ったのは、それからずっと後のことだった」

まだ、『高橋さん』は現れない。私は、ゆるゆると語る環さんの声に耳を傾けながらその登場を待つ。そうしていて、舟に乗っているみたいだと思う。環さんが過去に向かってゆうらりと漕《こ》ぐ舟に、私が乗っている。舟を漕ぎながら、環さんが語る。

「それでもわたしって、まだバカだったの。彼がきっとこんなひどい状況からわたしを救い出しに来てくれると思って、待ってた。ふたりで逃げ出そうって彼が来て、わたしは腕に絡《から》みつく点滴を引きちぎるの。一緒に病院を逃げ出してそれからどこに行こう、なんて少女漫画みたいなことをベッドでずっと想像してた。でもやって来たのは、彼の奥さんだった。彼女はベッドで管に繋《つな》がれたわたしに、『村井の家内です』って言った。家内なんて言葉使うひとを初めて見て、こんな女が彼の奥さんになれるのかと思った。わたしはいまでも、家内なんて言葉が出てこないのにね。びっくりしてしまった後、わたしの中に怒りがぎゅんぎゅん湧《わ》いてきた」

「あ。その後のこと、分かりましたよ。病院で取っ組み合いの喧嘩《けんか》をした、が正解でしょう?」

血の気の多い環さんならやってのけそう、そう言うと環さんがひどーい、と笑う。

「でも、半分正解。わたしはそうなって欲しかったのに、そうならなかった。あのひと、わたしに土下座したの。これから子どもを産み育てていく若い女性の未来をうちのひとが奪って、申し訳ありませんでした、どうか赦して下さいってさ。泥棒とかアホ女とか呼んで、殴りかかってくれた方がましだった。慰謝料の請求書を叩《たた》きつけられた方がよかった。でも、全然そんなことしてくれないの。泣きながら頭下げる奥さんの姿見たら……何だかもう途端にどうでもよくなっちゃって、失ったら死んじゃうかもしれないって思ってた恋がしゅって消えた。消えた後に残ったのは後味の悪さと後悔と、虚《むな》しさだけ。あの営業課の子に教えてやりたいくらいだった。あんたが教えてくれたものよりも、もっとたくさんのクソみたいなもんが残ったわよって。あんな最悪な恋は後にも先にもあれだけだわ。ねえ、沙世ちゃんはいま、恋してるひとはいる？」

環さんの問いに、舟の上でとろとろと微睡《まどろ》みかけていた私は目覚める。何度か瞬きをして、言葉を反芻《はんすう》する。それから、いえ、もういませんと答えた。恋人は三年前にふらりと出て行ったまま、帰ってきません。あらやだそれ酷《ひど》いひとね、と環さんが言う。そんな男のこと、さっさと忘れた方がいいよ、向こうはきっとすっかり幸せに暮らしてたりするんだからさ。呆《あき》れたように言う環さんに、続きを聞かせて下さいとねだる。私の話より、環さんの話が聞きたいです。『高橋さん』、登場が遅くないですか。環さんがくすりと笑う。

「そろそろ出てくるよ。って言っても実はあんまり、話すことがないんだよね。わたしのこと好きっぽい男のひとがいるなあ、なんだか冴えない男だなあって、それだけの印象だった。好かれてるのは悪い気はしなかったけど、恋愛に発展するほどわたしの興味を引くひとじゃなかったし。それに、経理の高橋さんとちゃんと話をしたのはたった一日、それも半日くらいのことだからさ」

はあ、と間抜けな声を出してしまう。たった半日で何がどうなって、いまのこの時間に繋がるのだろう。貧困な想像力はすっかり白旗を上げ、静かに聞くことにする。

「一ヶ月くらいの入院のあと、わたしは退職することに決めた。やっぱり居辛《いづら》いじゃない？　ロッカーに置きっぱなしの荷物をとりに行った日は、最悪だった。みんな意地悪そうな顔をして遠巻きにじろじろ見て、そのくせ声はかけてこないの。例の、一番嫌いだった営業課の女の子だけは、元気でねえ、って笑顔だった。わたしはあの日の彼らの娯楽でしかなかった。きっと、読み捨てられる週刊誌より軽い存在だったと思う。

もういっそこんな会社爆発しちまえと呪《のろ》いながら社屋を出たときにわたしを追い掛けてきたのが、高橋さんだった。高橋さんは息を切らしながら、これからどうするんですかって訊いた。わたしはとても気分が荒《すさ》んでたから、高橋さんに言ったの。このままどこか行きませんか。わたしいま世界をぶっ壊したいくらい気分が悪いんで、付き合って欲しいんですけどって。高橋さんはすごく驚いた顔をした。でもすぐに、ちょっと待ってて下さい荷物取ってきますって駆け戻って、早退してくれた。いいの？って訊いたら、どうせ来月いっぱいで辞めるから気にしないで下さいって。それから高橋さんのお金で遊んで、ご飯食べた。高いお酒もがんがん飲んで、高橋さんはそんなわたしを見ながらニコニコしてた。そのとき、すごく嬉しかったんだ。すっかり自分のことが嫌いになってたわたしに、あなたは特別でとびきり素晴らしい存在ですって全身で言ってくれてるんだもの。わたしは無条件に差し出される愛情が嬉しかった。でも、それもすぐに虚しくなった。以前は放り捨ててた彼の好意で自分を満たそうとしてるなんて、情けないじゃない。バカだって思うのに、縋《すが》らずにはいられない。そうしてバカなわたしは、彼をホテルに連れ込んだ。顔を真っ赤にして動揺する彼に無理やりキスしちゃったりして、はは、本当にバッカみたい。しかもあのひと、わたしの誘いを断ったのよ。俺はあなたとセックスできません、許して下さいとか叫ぶの。

どっちが男なのか分かんないって話よ」

「……え、どうして高橋さんは拒否したんですか？　環さんのこと、好きだったんでしょう。なのに、何で？」

本当に、どうしてだろうね、と環さんが小さく呟《つぶや》く。それからとても大事な話をするように、そうっと言った。

「俺は環さんを幸せにしたいんです、って言ったの」

「幸せに？」

そう。幸せにしたいんです。でも俺が抱いたりしたら、環さんはきっともっと傷ついてしまう、もっと泣いてしまうかもしれない。俺はそんなの嫌です。俺の好きな環さんを俺が傷つけるのは嫌です。そう言ったの。正しくわたしのことを考えてくれたんだと思うけど、でもあのときのわたしはそんな優しさより強さが欲しかったなあ。わたしは何だかすごく腹が立ってきて――そのときものすごく酔ってたからできたんだけど、服を脱いで下着だけになって彼を追いまわしてやったの。ほらほら、抱きたいでしょう。むらむらするでしょう、って。高橋さんは、俺の気持ちを分かって下さいって逃げる。狭い部屋をふたりでぐるぐるぐるぐる走り回って、そしたらだんだん楽しくなって、でもなぜか涙が止まらなくて、わたしは泣き笑いしながら高橋さんを追いかけた。

環さんの声が遠くで潤《うる》む。それは初めて聞く、彼女の温かな声だった。どれくらい追いかけっこをしてたのかな。疲れ果ててベッドに倒れ込んだら、高橋さんは部屋の隅に立ち尽くしてわたしを窺《うかが》ってた。肩で息してたっけ。ねえ高橋さん、ってわたしは彼を呼んだ。ねえ、高橋さん。わたしのこと、そんなに好きですか。こんなわたしでも好きなんですか。ええ、好きです。きっと一生環さんのことが好きです。熱っぽく、彼は答えてくれた。でもわたしはそれを笑って聞いた。天井のシャンデリアがキラキラして、花火みたいに瞬《また》いてたなあ。あのねえ、高橋さん。一生なんて、無理なんですよ。わたしも一生続く想いがあるって思ってましたけど、意外とあっさり消えちゃうものなんです。そんなことないです。俺はきっと環さんを想い続けられます。今日あなたを抱いていればよかったって一生悔やみ続けます。

……あのときのわたしにとって、それはとても素敵な言葉だった。だから、信じたいって思ったの。高橋さんにありがとうって言いたかった。信じるねって言いたかった。でも言えなくて、だから、一所懸命ふざけた声をだして言った。わたしいま傷ついています。こんなにひどい拒否をされたの初めてで、とても傷ついてます。わたしも、一生傷ついたままかもしれない。ねえ、どう責任取ってくれるんですか。そしたら高橋さんはものすごく困ってしばらく唸ってた。そして言ったの。環さんのお願いを、何でもひとつききますって。それで許して下さいって。

だからわたし、いままでずっと信じてきたの。自分に自信を失いそうになっても、高橋さんの言葉を思いだしたら頑張ろうって思えた。この世界のどこかにわたしのことを想って生きているひとがいるんだから、胸張って生きなくちゃって。

ねえ沙世ちゃん。あの人の中にはまだ、あのときの想いはあるかな。いまもわたしのことが好きかな。わたし、それが知りたいの。まだ、信じてたいの。自分がちゃんと誰かの特別で、素敵な人間だって。あ、もしかして沙世ちゃん眠っちゃったかな？

聞いてくれて、ありがとうね——。

翌朝出勤の支度をしていると、環さんが「今日は、部屋から出ない」と布団に潜り込んだまま言った。頭まで隠している彼女になんて言うべきかと思っていると、くぐもった声が続く。

「沙世ちゃんから、あいつに話しておいて。ちゃんとわたしからも話すから、とりあえずいまは、お願い」

「……ええ、分かりました」

ありがと、という小さな呟きを聞いて部屋を出た。

今日は、雨が降るかもしれない。空には灰色の雲が重たく広がり、肌に触れる空気がじっとりしている。ゆっくりと歩きながら、昨晩の環さんの話を思い返していた。

昨日の夜、私は寝たふりをして彼女の思い出話から逃げた。とてもじゃないけどあれ以上聞いていられなかったし、相槌も打てなかった。知れば知るほど、彼女の愚かさが憎らしくなっていた。あのままだったらきっと私は、環さんを詰《なじ》ってしまっていた。

ずっと一緒にいても、同じときを過ごしていても、置いていかれることがあるんですよ。捨てられることがあるんですよ。あなたはとても辛い恋をしたかもしれない。でも、それでも永遠の想いが存在するって信じさせてくれるひとに出会えたんですよね。その年まで、信じてこられたんですよね。じゃあ、幸せじゃないですか。想いが変わったことを責めずに、ここまで信じさせてくれたことを、喜びましょうよ。ありがとう、と言いましょうよ。

私も、あなたのように思えたときもあったんですよ。でも、私はもうそこに戻れないんです。前触れもなく終わりが訪れることを、知ってしまってるんです。

「ああ、バカなことするところだった」

小さく声に出す。言わずにいられて、よかった。私がしようとしていたことは、不幸自慢だ。私の方が可哀相なのよ、あなたより余程苦しいのよ。

そんなことしても、どうにもならない。私より幸福な場所で苦しいと泣いているひとに、石を投げようとせずにはいられない。でも投げ切るだけの強さもなくて、摑《つか》んだ石だけ足元に溜《た》まっていく。それは私自身を身動き取れなくさせる。

両目の奥が熱を孕《はら》む。通勤路がうっすらと潤んで歪《ゆが》むのをそのままに、私は黙々と歩き続けた。

「そう。ちゃんと話すって言ってるのなら、それでいいわ」

芙美さんは昨晩私たちがどんな話をしたのか聞かず、環さんから聞くまで待つからいいわと言って、普段通り朝の仕事を始めた。私も仕事に入りそれからその日は、環さんの話をしなかった。環さんが来る前の、いつものブルーリボンだった。

昼過ぎからぽつぽつと雨が降り始めた。雨が降ると、客足が鈍る。ランチタイムを過ぎた後は全くお客が入らず、芙美さんと二人でぼうっとラジオに耳を傾けていた。店の雰囲気だとクラシックなんかが似合うのに、ＡＭラジオの上方落語特集を流すのが芙美さんだ。半分聞き流している私に、江戸落語との違いを滔々《とうとう》と語ってくる。そんな中カウベルが鳴り、ふらりと入って来たのはたまに来るお客さんだった。

「あらやだ、こんな時間に珍しいわね。今日は仕事はどうしたの、幸喜子《さきこ》」

「中学校の授業参観だったから、お休みをもらったの。コーヒーひとつね、ホットで」

幸喜子さんは、町はずれの縫製工場で働いているシングルマザーだ。時々、一人息子の啓太《けいた》くんと食事に来てくれる。芙美さんとは昔からの知り合いなのだと聞いたことがある。

「そういえばふーちゃん、新しいひとが入ったんだって？　アンジェラから聞いたよ」

カウンターのスツールに腰かけながら幸喜子さんが言う。工場にはフィリピン女性が数人いて、彼女たちもこの店をよく利用してくれる。アンジェラはブルーリボンの筋違いにあるフィリピンパブでも働いていて、先日出勤前に食事をしていった。

「雇ってるわけじゃないのよ。昔の縁で、面倒を見てる子なの」

芙美さんがミルで豆を挽《ひ》く間に、しゅんしゅんとケトルが音を立てる。

「あ、そうだ。幸喜子、あんたこの辺りで評判のいい産婦人科がどこか知ってる？」

ステンレスフィルターに粉を落とし、お湯をそっと注ぐ。芙美さんはコーヒーを淹《い》れているときだけとても優しい動きをする。

「産婦人科って、ふーちゃんとうとう『女』に進化しちゃったの。生理でもきた？」

「残念ながらまだよ。そうじゃなくてね、その子が妊娠中でここで産むかもしれないの。だから、ね」

「へえ、妊婦さんなんだ」

店内に芳醇《ほうじゅん》な香りが満ちる。芙美さんは、色んなお客の来る中で幸喜子さんにだけは態度が違う。身内というか、妹に接するような気安さと心配りを感じる。環さんの事情を伝えたのは幸喜子さんにだけだ。幸喜子さんは詮索《せんさく》するようなことはなく、少し考えて佐々木《ささき》産婦人科かな、と言う。

「私が啓太を産んだところ。古いけどこの辺りで一番オススメ。すごく人気のあるところだから、早めに受診して分娩《ぶんべん》予約とったほうがいいよ」

「佐々木ね、ありがとう。はい、おまたせ」

美濃焼きのごろりとしたコーヒーカップが幸喜子さんの前に置かれる。少し大きめのソーサーに添えられたきな粉クッキーは芙美さんの手作りだ。

「いただきます。そっか、ここに赤ちゃんが来るかもしれないのね。啓太以来だね」

「ああ、懐《なつ》かしいわねえ。夜泣きが酷くて、ここいらを抱っこして歩いてまわったこともあったわよね」

「え。啓太くんって、ここで育ったんですか？」

驚いて訊くと、幸喜子さんが笑って頷《うなず》いた。

「そうとも言えちゃう。私って頼るひとが周りにあまりいないの。だからひとりじゃどうしようもなくなると、ここに助けを求めに来てたんだ。私が熱を出して寝込んだとき、ふーちゃんは啓太をおんぶしてキッチンに立ってくれたんだよ」

「初耳です」

芙美さんは自分の話をほとんどしないから、全く知らなかった。

「ふーちゃんは、私が子どもの頃から面倒を見てくれてた兄妹《きょうだい》……いやもう親みたいな感じだから、ついつい甘えちゃって」

「え、そんなに前からなんですか」

「物心ついたときにはもう遊んでもらってたような気がするね」

他の誰にもない親密さにも納得だ。本当に妹のような存在だったのか。

「懐かしいな。あのときはしーちゃんもいて、楽しかったな。しーちゃん、会いたいね」

「しーちゃん？」

「もうひとりの兄弟みたいな人。ふーちゃんと一緒にこの店をやってたのよ」

そうなんですか、という声が妙に甲高くなった。芙美さんに視線をやると、「事情があって子どものころからずっと一緒に暮らしてたの。幼馴染《おさななじみ》っていうのかしら」と言う。そうか、そういうことだったのか。胸の中がすっと風通しがよくなったような感覚を覚える。

「私、てっきり芙美さんの恋人だとばかり」

「あり得ない。あいつは美人のだーい好きな、普通の男だったわよ」

わざとらしく芙美さんが顔を顰《しか》めて、それから、とても大切なひとではあるけどねと付け足した。

帰ったら、布団に包《くる》まっていたひとに教えてあげよう。恋人だと思ったのは私の勘違いで幼馴染でしたと言えば、彼女はどんな顔をするだろう。

「あら？　沙世ちゃんどうしたの。ニコニコしてる」

ふいに幸喜子さんに言われて、目を見開く。両手を頬にあてた。

「私、笑ってました？」

不思議だ。今朝はあんなに鬱屈《うっくつ》した気持ちでいたのに、いまは霧散している。彼女がこれからも『一生の想い』を信じていられるかもしれないことが、私は嬉しいのだろうか。顔を覆《おお》うようにしながら考えた。

幸喜子さんが帰ってからもお客はちらほらとしか来ず、少し早めに店を閉めた。環さんが気になるので店で食事をとらずに帰ると言うと、芙美さんがタッパーにおかずを詰めてくれた。

「すみません。ありがとうございます」

「気にしないで。沙世には迷惑かけっぱなしで、こっちがお礼を言わなきゃいけないのよ」

大きなタッパーに、どんどん料理が詰め込まれていく。ふたりの夕飯にするには多いくらいだ。それを言うと、明日の朝ご飯の分もよと返ってくる。

「明日は店休日でしょ。いつも長時間働いてくれてるんだから、ゆっくり休むのよ」

タッパーを手際《てぎわ》よく風呂敷で包んで、私に渡してくれる。抱きかかえるとほっこりと温かかった。

「でも、ごめんなさいね。環さんがいるから、のんびりって訳にもいかないかしら」

「平気ですよ。それに、環さんがいて助かってますから。よく、眠れるんです」

「ああ、そうか。もうそんな季節が来たのね。じゃあ今年は、うちには来ない？」

壁にかけたカレンダーを見やって言う芙美さんに、いまのところはと頷く。

恋人がいなくなった季節になると、私はひとりが怖くなる。もう恋人はいなくて、だから置いていかれることはないのに、それでも堪《たま》らなく不安になるのだ。彼の死を告げる電話が鳴る。沼のあぶくが弾ける。自分のものとは思えない悲鳴が響く。聞こえるはずのない音が、いまにも鼓膜を揺らす気がして眠れなくなる。

芙美さんと出会ったのは恋人がいなくなった冬の終わり。恋人の痕跡《こんせき》を求めてここに越してきたもののまだ慣れなくて、そして眠れなくて、フラフラになって入ったお店がブルーリボンだった。誰もが一度は後ずさる芙美さんに出迎えられたとき私が感じたのは、恐怖ではなく安堵《あんど》だった。こんなにも生命力の溢れた強そうなひとなら、私の不安なんてきっと吹き飛ばしてくれる。ほっと息を吐いたのと、張りつめていた糸が切れるのは同じことだったのだろう。そのまま倒れ込んだ私は、二階でこんこんと眠り続けた。目覚めた私は芙美さんの尋問にも似た質問攻めにあい、その結果ブルーリボンで雇ってもらうことになった。それからは不安に襲われる夜は二階に転がり込み、芙美さんは黙って一緒に眠ってくれたのだった。

「芙美さんの熊《くま》の咆哮《ほうこう》みたいな鼾《いびき》もいいですけど、環さんの寝言もなかなかですよ」

「あらやだ、あの子寝言が多いのねー。って熊の咆哮ってなによ、失礼ね！」

がおー、と熊の真似《まね》をしてみせる――真似しなくても迫力満点な――芙美さんにお礼を言って、部屋へと帰った。

お帰りなさい、と環さんは玄関まで出迎えてくれた。

「はい。帰りました」

ワーキングブーツを脱いでいると、頭上から「あいつ、どうだった？」とおずおずと声が降ってくる。

「怒ってた？」

「いえ、全然」

ふたりで立つと手狭な玄関先で、今日の話をする。恋人ではなかったこと、環さんの為《ため》に産院を調べていたことを言うと、環さんの表情が微かに揺れた。それを見た瞬間、心に黒い影が差す。

もし芙美さんが前と全く同じ、普通の男性としての恋慕をあなたに抱いていたとしたら、あなたはそれを受け入れられるんですか。しないくせに、気持ちいいところだけ貰《もら》おうとしているんですよね。それはとても、とても狡《ずる》い。

「あ、そうだ。沙世ちゃん、ご飯は食べてきた？」

急に話題を変えられて、はっとする。

「いえ、まだです。環さんもまだ食べてないですよね。芙美さんから、これ預かってきました」

帰り道に暖を取らせてくれた風呂敷包みを掲げると、環さんは困ったように眉根《まゆね》を寄せた。

「え、やだ、どうしよう。わたし、お夕飯作っちゃった」

ふわりと温かな香りが鼻を擽る。

「うーん、ビーフシチュー？」

「あたり。わたしの得意料理なんだよね。これだけは、美味《おい》しいって絶対に褒められるの。たいしたことじゃないんだけど、沙世ちゃんにお礼っていうか」

環さんが少しだけ早口になって、頬を赤らめて言う。

「ごめんね、こんなことしかできなくて。好きな料理くらい聞くべきだったんだけど、わたしあんまり料理が得意じゃなくて、何でも作れるってわけじゃないのよ」

「好きですよ。芙美さんは作らない料理だし」

はにかんだ顔を見ながら、さっきとは違う笑みが生まれた。私はこのひとが結構好きなのかもしれない。憎みたいところがあるのに、憎み切れない。

「芙美さんの持たせてくれた方は明日の朝食べましょう。寒かったから、ビーフシチユーが食べたいです」

じゃあすぐに支度するね、と環さんは笑って部屋の奥へ戻って行った。

翌朝は、前日の天気が嘘《うそ》のような快晴だった。窓辺から差し込む暖かな日差しで目が覚めた。しょぼしょぼとした目を擦りながら、最悪の朝を迎えてしまったと思う。小春日和《びより》なんて、大嫌いだ。春が来るまで毎日吹雪《ふぶ》いていればいいのに。こんな日は布団に包まって、過ぎるのを待つしかない。せめて仕事だったらやり過ごせたのに、うまくいかない。

「おはよう、沙世ちゃん。すごくいい天気だよ」

先に目覚めていた環さんは、すっかり化粧を終えている。

「ねえ、今日は予定ある？　ないなら、一緒に出掛けようよ。昨日の芙美のお弁当持ってさ」

「……はあ」

窓の外を見てしばらく考えてから、やっぱり断ろうと環さんを見る。しかしあまりにもわくわくした表情をしていたので、行きますかと力なく言った。部屋に籠《こ》もって逃避するよりそっちのほうがいいかと、どうにか気持ちを切り替える。環さんもこっちに来てストレスを感じることも多かっただろうから、互いの為かもしれない。

「お弁当を持って行くのなら動物園、植物園に美術館。まあ色々ありますけど、リクエストはありますか？」

「お天気がいいんだから、絶対に室外よね。景色のいいところがいいなあ」

「ふうん……。駅の向こうの山の上に、展望公園があるらしいです。私も行ったことはないんですけど、この町を見下ろせて結構景色のいいところだって聞いたことあります。行ってみますか？」

歩いていくには距離がある。私は多分平気だけど環さんに無理はさせられないから、駅前から出ているバスに乗ればいいか。まだうまく回転していない頭を使っていると、環さんが行く行く！　と声を上げる。

「ピクニックっぽくっていいよね。ねえ沙世ちゃん、ジャージとか持ってない？　わたし、そういう服持って来てないのよ」

「そこのクローゼットの中にあると思います。勝手に開けて探していいですよ」

ふあ、と欠伸《あくび》をしてベッドを降りた。ダイニングテーブルの上に転がしていた携帯電話を手に取って時間を確認する。幾つかのメールが届いていた。

「あ、ピンクのトレーニングウェア発見！　黒もあるじゃない。どっちにしようかな。沙世ちゃんはどっちがいい？」

「どっちでもいいですよー」

楽しそうに物色を始めた環さんの横で必要な返信を済ませ、それから洗面所に向かった。

一時間後には、ふたりで駅前に立っていた。環さんがピンク、私が黒のウェアを着ることになった。

「えっと、バスは十七分後に来ますね」

時刻を確認していると、公園のある辺りを見上げていた環さんが歩こうと言いだす。

「歩こう。わたし、山登りしたい」

「はぁ？　妊婦さんが何言ってるんですか」

驚いて言うと、環さんはけろっとした様子で平気、と答える。

「ハイキングコースがあるってここにも書いてるじゃない。二時間くらいで登れるんだったら、行けるっしょ」

言うなり、バス停に背を向けて歩き始めた。一体何に火がつけばそんな衝動が起こるのだろうか。散歩気分だった私はげんなりしながら、先を歩く背中を追った。

考えが甘かったんじゃないかと悔やみ始めたのは、一時間が過ぎたころだっただろうか。小さな山とはいえ、やはり坂道は坂道であり、登るのは辛いのだ。私たちは記載時間よりも、もっと時間をかけて、ひいひい呻《うめ》きながら歩いた。何度か公園行きのバスが私たちを追い抜いていった。だけど妙な意地のようなものが出てきて、私たちは悠々と通り過ぎる車体に雑言を浴びせながらもひたすらに足を動かした。そして最後は言葉を吐くのも億劫《おっくう》になって、無言で歩き続けたのだった。

ようやく辿《たど》り着いた公園は、想像していたよりも広かった。芝生にはカラフルな遊具が幾つか設置され、その奥にコンクリート製の展望台が見えた。幾人かの子どもが笑い声を上げながら大きな滑り台を滑り、傍では母親たちが優雅に眺めている。大きな駐車場があったから、彼女たちはそこに車を停めているのだろう。羨《うらや》ましさを覚えながら脇《わき》を通り過ぎて、展望台に向かった。灰色の箱のような建屋の階段を上ると、ふいに景色が開ける。ベンチが幾つか置かれただけの場所だったけれど、パノラマに広がる景色は綺麗だった。ふたりで並んで、見はるかす。雨が降った後だからかとても空気が澄んでいて、街並みがくっきりと見えた。三時間ほど前に通過した、いつも見上げている駅舎が模型のおもちゃのように小さい。

「あー、達成感があるねえ！」

部屋を出たときには肌寒さを覚えたのに、すっかり体の温度が上昇している。肺をひやりとした空気で洗うように、何度も深呼吸をした。

「体、きつくないですか。環さん」

「全然！　運動不足だったからこれくらいやんないと」

汗をかき、眉毛の半分が欠けた環さんが晴れ晴れと言う。多分同じくらい化粧がよれているだろう私も、心が軽くなったような気がしていた。冬の一日にこんな気持ちになったのは、とても久しぶりだ。

「あの辺りがブルーリボンかな」

「あのこげ茶色の屋根、そうじゃないですかね」

「ちっちゃ！　あいつ、何してるかな」

「休みの日は一日中寝てるってよく言ってますけどね」

「退屈な休みを過ごしてるってわけか。誘ってあげれば、よかったかな」

環さんは柔らかな声で言って、口を閉じた。

ふたりきりの展望台で、黙って眼下を眺める。遠くに、子どもの歓声が聞こえる。その空気に静かに紛れ込むように、環さんが声を落とした。

「こうして見ると、この町は小さいね」

「……ええ」

本当に、小さい。もう何年も住んだ町を見下ろしながら思う。失った恋人の名残を求めて移り住み、ひとりで住んでいる町。こんな小さな中で私は生きて、笑い、泣き、悩んでいたのか。ここからでは米粒のようにしか見えない場所で、眠れぬ夜を過ごしていたのか。

「不思議だなあ」

ぽつんと環さんが呟く。何が、と訊く前に彼女は続けた。いま、景色の中に自分を見てる感じがするの。小っちゃくってくだらないわたしが目の前に立っているような気がする。

私も、と小さく返した。私と同じ感覚をいま、環さんも持っている。

「わたし、ここよりももっと高い、雲の中みたいな景色を知ってる。夢の世界のような、完璧《かんぺき》に整った景色を知ってる。そこでは綺麗だなとか怖いなとか感じたけど、こんな風に自分を映すことはなかったな」

分かります、と短く答える。この町の中で生きている自分と向き合うことなんて、なかった。私はいなくなった恋人を探していて彼の痕跡ばかりを求めていて、自分を顧みることとなんてなかった。

「誰かの為じゃなくて、自分の目的の為に自力で辿り着いた景色だから、かなあ。わたしの両足、頑張りすぎちゃってがくがくしてる」

「そうですね、って言いたいですけど、素直に言いたくないです。たった数時間歩けば見える景色にこの年まで気付かなかったなんて」

「あはは、そうねー。でもわたしよりましよ。沙世ちゃんよりも幾つも年上なのに、分かんなかったんだから、そうとう鈍感」

環さんが笑い飛ばして、ふっと声を陰らす。

「三十八になってようやく自分と向き合ってるなんて、本当にバカよ」

小さな呟きは多分自分への言葉で、だから私は黙っていた。そして、米粒の中で蹲《うずくま》っている女と見つめ合っていた。

場が緩んだのは、環さんのおなかが景気よく鳴り響いたからだった。気付けば昼をとうに過ぎている。展望台を下りて、芝生の方へ向かった。変わらず遊んでいる子どもたちから少し距離のあるベンチに腰掛け、お弁当を開く。すっかり空腹の私たちは、たっぷり詰め込まれたおかずをどんどん胃に収めていった。

「今日の運動分を余裕でオーバーしちゃう量だよね、これ」

「芙美さん、こんなに揚げ物いれなくってもいいのに。でもイカリング美味しい」

芙美さんは二食分のつもりで詰めてくれていたのに、ほとんどを食べつくしてしまった。お茶を飲みつつ、くちたおなかを撫《な》で擦《さす》る。

「悪阻《つわり》がなくなってから、ご飯がものすごくおいしいのよね。太らないように気をつけなくちゃいけないのに」

「環さんはとてもスタイルがいいし、心配ないでしょう」

「そんなことないよ。二十代のころと比べると太ったよ。腰回りにいままで見たことなかった肉がついてて、全体的に弛《ゆる》んでる」

脇腹の肉を摘《つ》まむ真似をして、環さんは顔を顰める。そして隣に座る私を眺めまわして、小さく笑った。

「沙世ちゃんは二十八だよね。まだまだ若くて、綺麗だね」

「何言ってるんですか。環さんのほうが綺麗じゃないですか」

私はお世辞にも、綺麗とはいえない。ごくごく普通の、特徴のない顔をしている。人目を引く容姿をした環さんと並べば明らかに見劣りしてしまう。しかし環さんは首を横に振った。

「肌はぴんと張って、シミも皺《しわ》もない。とても綺麗だと思う。沙世ちゃんの目から見たわたしは、おばさんだよね」

「そんなこと」

「自分でそう思うんだ。目じりの皺、手の甲の弛み、おっぱいもお尻《しり》も、きつきつの矯正下着で持ち上げなきゃ垂れてしまう。子どもを産んだら、きっともっと変化していく」

環さんは、遠くで談笑している母親たちに視線を投げた。とても哀《かな》しそうに見つめる。

「当たり前のことなんだよね。ひとって年を取るんだよ。あのときのわたしは本当にバカで、自分は永遠に老いないような気がしてた。こんな風に変わる自分なんて想像したこともなかった」

環さんの言わんとすることが摑めない。お茶のペットボトルを弄《もてあそ》びながら、化粧の剝《は》げ落ちた横顔を見つめた。果たして、ふっと彼女は軽く息を吐く。

「旦那《だんな》の浮気相手、二十三歳なの。旦那と同じ会社の子で、一度だけ会ったことがある。潑剌《はつらつ》としたとても綺麗な子だった」

「は？」

「わたしが不倫していた年も二十三で、村井さんの奥さんはあのとき三十八だった。すごい偶然でしょう？　十五年経って、わたしは立場をすっかり逆にしてしまったってわけ」

これが因果応報ってやつねと環さんは肩を竦《すく》めた。

「十五年前、病院に村井さんの奥さんが来たときにわたしはとても酷い言葉を投げつけた。彼女は人の良さそうな感じでね、色白でぽっちゃりしてた。高そうな、それなりに綺麗な格好をしてたけど、どことなく垢抜《あかぬ》けてなくて、ダサ！　って思ったな。なんて言っても『家内』なんて単語がぽろりと出てくるようなひとだもんね。わたしのセンスとは相いれないよね。彼は本当にこんな女と？　って無意識に彼女の全身をチェックしてた。そして、右手の甲に絆創膏《ばんそうこう》が一枚貼《は》られてたのに気付いた。何てことないベージュの絆創膏で、端が少し捲《めく》れて黒くなってた。それを見た瞬間、嫉妬《しっと》してた。何で絆創膏だったのかわかんないんだけど、それまではウザい程度にしか考えていなかった彼の奥さんが初めて『村井さんと生活を共にしている女』になったんだ」

隠し忘れた、手の甲にそっと存在する生活感を想像した。たった一枚の小さなシールが、愚かな女に現実を知らしめる。

「喧嘩売りに来るならもっと完璧にして来いよ、手ぇ抜いてんじゃねえよ。ただでさえ汚いババアなのに、それであたしに勝てると思ってたわけ？　ふざけんなデブス

——。多分、もっと酷いこと言ったと思う。だけど捲《まく》し立てずにはいられなくて、とにかく思いつくままに彼女を罵《のの し》った」

「それは、酷いですね。環さんって元ヤンですか」

時折ふっと口汚くなるので、そうじゃないかと感じていたことだ。しかし環さんは、単に口が悪いだけ、と笑み混じりに返した。

「勝てると思った。負ける気なんてしなかった。わたしの目の前の女はすっかりババアで、女として終わっちゃってるんだから。でも、あのひとは妻で母親で大人で、女だった。両手をぎゅっと握りしめて拳《こぶし》を作ってそれがぶるぶる震えてるもんだから、絶対に殴りかかってくると思ったのに、それなのにあのひとはその手を床について謝った。あなたの人生をうちのひとがめちゃくちゃにしてすみませんでした。未来を奪ってごめんなさい。どうかこんな悲しいことは忘れて、新たな道を歩んでください、って何度も。あのひとから見たら、わたしは無知で考えなしの子どもだったんだよ。大人として過《あやま》ちを赦さなくてはいけない生き物だった。謝る姿を見ながら、わたしは勝ち負けどころか同じリングに上がらせてすらもらえてないことを知った。そしたら、わたしバカだなあって思えてきたんだ。そして奥さんに全《すべ》てを任せて自分は何もしない村井さんも、下らないバカだなあって。バカふたりがこそこそと隠れてしていたものが、素晴らしい恋であるわけがないんだよ。気付いたらあのひとに謝ってた。もうしません、って」

大きな泣き声がして、びくりとする。見れば、小さな男の子が地面にうつ伏せている。転んだのだろう、母親が慌《あわ》てて駆け寄って、抱きかかえる。

「……あのひと、わたしの年には子どもを三人も産んで育ててたんだよねえ。家族を守る為に、彼女はわたしのところへ来た。子どもを産めなくなるかもしれないわたしの為に、泣いてくれた。とても、素敵なひとだった」

泣きわめく男の子は、母親の胸元に顔を擦りつけている。涙と鼻水で汚れているだろうに、母親は気にした様子もなく背中を撫でてあやしていた。

十五年前の自分が、わたしを責めるの。私と同じ方向を見ながら、環さんが言う。女も終わりかけのババアが、若くて綺麗な女に勝てる訳がないでしょうって、バカにするの。あのひとは、村井さんの奥さんはバカな小娘なんかが敵《かな》わない強さと優しさを持ってた。大人として小娘を黙らせて、おもちゃみたいな恋をきれいさっぱり消し去ってくれた。だけど、わたしはそんな強さを持ってない……。ねえ沙世ちゃん、わたし怖いの。もしあの子がわたしに会いに来たらどうしよう。別れて下さいって言われたらどうしよう。圧倒的な若さと美しさに打ち勝つものを、わたしは何も持ち合わせてないの。わたしは弱い、バカな小娘のままなの。だからきっと、あの子に彼を奪われてしまう。そしたらこの子の父親が、いなくなってしまう。

震える薄い肩を、そっと抱いた。汗のひいた背中を、遠くの母親がしているようにゆっくりと撫でる。

環さんがここに来たのは、昔の自信を取り戻したかったからなんですね。自分を特別にしてくれた高橋さんに会えば、きっと戻って来ると思ったんですね。

返事の代わりに、環さんの太腿《ふともも》に雫《しずく》が落ちた。ピンクのジャージに、幾つもシミができていく。

でもそんなの、意味がないことだった。いくら言葉を貰っても、それじゃ勝てるはずがない。力を尽くして得たものだけが、新しい力をくれるんだよ。誰かから貰おうとしちゃダメだったんだ。怖いよ沙世ちゃん。わたし、とても怖い。

「本当にバカねえ。他の女のところに行く男なら、くれてやればいいじゃない」

頭上から急に野太い声が降って来て、ふたりで悲鳴を上げた。

環さんと抱き合うようにして背後を振り返れば、そこには黄色い鬼、もといフルメイクの芙美さんが立っていた。暖かな日差しの下で見るには心の準備ができてなくて、もう一度悲鳴を上げる。

「な、なにしてんのよあんた！」

涙で濡《ぬ》れた顔を乱暴に拭《ぬぐ》いながら環さんが怒鳴る。心臓が止まりかけた私は胸元を押さえながら周囲を見渡す。平和な午後の公園に現れた異質な存在に、親子連れが距離を取ろうとしていた。

「何って、あんたたちがここにピクニックに来るっていうから来たんだけど」

環さんが私を見る。起き抜けにメールのチェックをしたら、昨晩に芙美さんから環さんの様子を尋ねるメールが届いていたから、返信していたのだ。すっかり忘れていた。

「昼過ぎに起きて、そこでメールに気が付いたからタクシーに乗ってきたの。なに、あんたたちもしかして歩いて来たとか？　やーだ、熱血ねえ」

ケラケラと笑って、芙美さんは私の横に腰かけた。元は二人掛けのベンチなのに、ぐいぐいとスペースを奪っていく。

「沙世ちゃん！　どうして連絡しちゃったの！」

「来るとは思わなかったんですってば！　ていうか狭い！」

「うるさいわね、あんたたちケツがでかすぎるのよ」

「お前が一番でけえんだよ！」

ぎゃあぎゃあと口論になり、最終的に芙美さんがベンチ前の芝生に直接座ることになった。

「酷くない……？　せっかく来たのにこの扱い」

ムッとした顔をしながらも、芙美さんは胡坐《あぐら》をかく。伸縮性のあるジャージ素材のロングワンピース（もちろんクリームイエロー）が、ポテンシャルの限界まで引きのばされた。

「それよりさ、あんたの事情を立ち聞きしちゃった続きなんだけども」

私たちを見上げるような形になった芙美さんが、環さんに言う。

「他の女のところに行く男は、どれだけ頑張っても行くもんよ。苦しんで引き留めるくらいなら、慰謝料と養育費ふんだくって追い出しちゃいなさい」

タオルで顔を拭っていた環さんが、はあ？　と顔を歪める。

「簡単に言わないで。そんな簡単な問題じゃないでしょ。おなかの子の、父親がいなくなっちゃうんだよ？」

「ギスギスした両親より、にこやかな片親よ。親が幸せそうに笑ってたら、子どもも幸せに育つわよ」

肩にかけていた薔薇《ばら》模様のトートバッグから缶ビールを二本と、オレンジジュースの缶を取り出す芙美さん。私にビールを、環さんにオレンジジュースを渡して、自分のプルタブを引く。環さんは缶を握りしめ、芙美さんの顔を睨《にら》むような強さで見る。

「産む前も産んだあとも、たくさんの問題が起きるんだよ。それをたったひとりで乗り越えて育てていかなくちゃいけないんだよ。あんたは簡単に、にこやかな片親なんて言うけど、わたしは笑い続けていられる自信なんてない。いまだって不安で怖いんだよ。わたしに、ひとりで生きていける強さはないの」

気楽そうな芙美さんに対して、環さんの声は怒気を孕んでいた。喉《のど》を鳴らしてビールを飲んだ芙美さんが、だからあんたはバカなのよ、と言う。

「やってみなきゃわかんないって。想像ばかり膨らませても仕方ないわよ」

「あんたに何が分かるの。親の苦労が分かるの？　親のいない子どもの苦労が分かるの？　知った風に言わないで！」

環さんがとうとう爆発し、立ち上がると同時に缶を地面に叩《たた》きつける。芝生の上で跳ねた缶は芙美さんの足元まで転げた。芙美さんはそれを拾い上げて、泥と芝を拭う。

「知ってるわよ、両方」

「は？」

「両方知ってるって言ってんの。あたし、親いないからね。赤ん坊のころに児童養護施設に預けられて、高校までそこで育ったのよ。両親なんて、顔を見たこともない」

「うそ」

環さんが立ち尽くす。私も、目を見開くしかできなかった。芙美さんはジュースの缶を環さんに差し出し、受け取らないのでバッグに戻した。ビールの缶を傾けながら続ける。

「もうなくなっちゃったけど、この町には昔、児童養護施設があったの。だいたい十五人くらいの子どもたちが職員と一緒に住んでたかなあ。小さなころは面倒を見てもらって、大きくなったら下の子の面倒を見てた。ブルーリボンを一緒に始めた友達も、同じ施設出身だわ」

私の手の中にある缶が汗をかく。飲む気になんてなれない。私たちに衝撃を与えているというのに、芙美さんは江戸落語の話をするみたいに何てことない力の抜けた口調で続ける。

「環さんは知らないだろうけど、あたしの昔からの知り合いで幸喜子って子がいるの。施設の傍に住んでいて、この子は両親がいなくておばあちゃんが親代わりだった。きったない家に住んでいて、貧困の見本のような暮らしぶりだったけど、あの子はいつもニコニコしてたわよ。純真で素直でそりゃあもう可愛《かわい》かった。いまはあの子はシングルマザーになっちゃってるけど、その子どももとてもいい子よ」

「ああ、そっか。幸喜子さんの子育てを、芙美さんは手伝ってたんでしたよね」

つい昨日聞いたばかりの話だ。親のようにあの人の世話をしたという芙美さんなら、親の苦労だって知ってることだろう。芙美さんが懐かしそうに目を細める。

「やれ吐いただの熱が出ただの、いちいちが大騒ぎだったわねえ。でもとっても楽しかったわ。お蔭《かげ》さまでおむつ替えも出来るし、離乳食作りも余裕よ。赤ん坊を寝かしつけるのも得意。……だから、全く分からないわけじゃない。寂しさも辛《つら》さも苦しみも、一緒に経験したもの」

のろのろと、環さんが座る。ベンチにどさりと身を預けた環さんは両手で顔を覆う。指の隙間《すきま》から、何それと小さな声が漏れ出た。缶を空にした芙美さんがなおも続ける。

「もし環さんがひとりで産むっていうのなら、あたしは協力する。笑顔の母親になれるように何でも手伝う。この町で産めばいいわ。もちろん、旦那に愛情があって戻りたいと言うのならそれも、とてもいいことだと思う。環さんが旦那と浮気相手と向かい合って戦う勇気が出るまで、ここにいればいい」

環さんがぴくりと動く。手を放し、頭をゆっくりと擡《もた》げる。

「環さんはどうしたいの？　言って御覧なさいよ。怖がらなくっても、あたしはどちらでもあんたを助けてあげる」

環さんと芙美さんの視線がかち合った。さっきまでの怒りは消え失《う》せ、頼りなく揺らいでいる。

「……くない」

「なあに？」

「別れずに済むのなら、別れたくない。許せないけど、でも、あの人は子どもが大好きなくせに、わたしの不妊を一度も責めなかった。環がいればそれでいいよって、言ってくれた」

うん、と芙美さんが相槌《あいづち》を打つ。

「やっと授かった子どもなの。だから、子どもが出来たって言えば喜んでくれるかもしれない。喜んでくれるのなら、やり直したいって思う。でも、もういらないって言われるかもしれない」

「それなら、そのときよ。きちんと話してダメだったときは、諦《あきら》めればいい。あたしが面倒見るだけのことよ。だって、それが約束でしょう？」

「やくそく……」

「好きなひととの約束ですもの、何があっても絶対に守るわよ」

ルージュの少しだけ剝げた肉厚な唇が、柔らかな弧を描く。環さんの目に見る間に涙が溢《あふ》れる。うえぇ、と声を上げて、環さんは泣いた。子どもみたいに、溢れる感情そのままに。

「え、やだちょっと泣かないでよ！　なんであんたそんなに感情があけっぴろげなのよ。あたしが泣かしてるみたいで嫌だから、もう少し遠慮がちに泣きなさい！」

余りに大きな声で泣くものだから、周囲の視線を浴びてしまう。珍しく顔色を変えて狼狽《うろた》える芙美さんを見て、私は笑わずにはいられなかった。胸の奥に温かなものを感じる。

環さんは周囲の目なんて気にもせず泣き続けて、そして最後に言った。

わたしのことを好きだって言ってくれるひとがいるだけで、頑張れる。

公園からは、芙美さんの支払いでタクシーを利用して帰った。私たちは登りだけで足が悲鳴を上げていたので、とてもとても有難かった。これから数日は、筋肉痛に悩まされることだろう。

夜は芙美さんが料理を振る舞ってくれた。店内で私と芙美さんはぞんぶんにお酒を飲み、妊娠を機に断酒しているという環さんはノンアルコールビールを舐《な》めながら、いいなあ、いいなあと連呼していた。

「明日、帰るわ。ちゃんと旦那と話をする」

おなかは満ち酔いが緩やかに回って来たとき、環さんが静かに宣言した。

「こうしててもおなかの子どもは育ってる。この子の為にも、早く動かないといけないんだよね。きちんと話をしてくる。もしかしたら、話が決裂して舞い戻ってくるかもしれない。そのときは……」

「そのときは、皿洗いのほかにトイレ掃除も担当してもらうわよ。トイレ掃除って、可愛い子が生まれるっていうし」

ほろ酔いになってしまっている芙美さんが顔を綻《ほころ》ばせると、環さんがそんなの絶対嫌よと舌を出す。

「いまどき、そんなの古くさいってば。年寄りみたいなこと言わないでよね」

「あら、昔の人の言うことって間違いのないものよ。ねえ、沙世」

「体を動かすと安産になる、とかいいますもんね？　私の部屋のトイレ掃除もお願いしなくちゃ」

「それならマタニティヨガにでも通うわよ！　っていうか、帰ってくること前提で話さないでよね。うまくいく可能性だって……ううん、絶対にうまくいくようにするんだから」

「新しいトイレ掃除の洗剤買っておかなくちゃねえ。ゴム手袋も」

「ねえちょっと、わたしの決意をあっさり無視するのやめてくれる?」

三人でケラケラと笑いあった。それから窓際のソファに身を預けていた私は、何気なく傍にあった黄色いへびの置物を手に取った。細長いそれは握りやすくて、私はへびをステッキのようにくるくると振り回す。カウンターのスツールに腰かけて私を見ていた環さんが短く声を上げた。

「それ。そういえば、見覚えがあるんだよね」

「そんなわけないわよ。だってこれ、あたしの為に作ってくれた一点ものだもん」

「えー、でも絶対に……、あ!」

はっとした環さんは、バッグの中から葉書を取り出した。それは、ここへ来たときに持っていた古い葉書だった。

「ほらこれ! これに載ってたんだ」

環さんが指し示すので、立ち上がって葉書を見に行く。縮小された窓辺に、確かに同じものがいた。

「あ、ほんとだー。このへび、昔っからここにいたんですねえ」

「それ、へびじゃないわよ」

ビールから日本酒に切り替えた芙美さんが御猪口《おちょこ》に口を付けながら言った。

「へびじゃなくて、ハナヒゲウツボ」

「はあ、はなひげうつぼ？」

初めて聞く名前だ。うつぼ、ウツボって確か海の生き物だっただろうか。海のギャングと呼ばれているって何かのテレビ番組で見たような気がする。

「店名で分かりそうなもんでしょ。ブルーリボンっていえば、ハナヒゲウツボの英名よ。海中で見ると青いリボンが揺らめいているように見えるから、ブルーリボン」

自分の勤め先の由来くらい覚えてなさい、と言われて頰を膨らませた。

「だって初めて聞いたんですもん！　へびだと思ってたし！」

「ウツボってへびみたいではあるしねえ。へえ、ウツボだったんだ」

環さんがへらりと笑って、すぐに首を傾《かし》げる。

「じゃあなんでこれは黄色いの？　青に塗らなきゃ」

「黄色で正解なのよ」

芙美さんの飲むピッチが上がっていく。いったんスイッチが入ると、この人は酔い潰《つぶ》れるまで飲んでしまう。完全に潰れる前に二階に上げないと、私では運び上げられないんだよなあと窓辺の席に戻る。ソファに腰を下ろし、手にしたウツボを観察する。言われてみれば口先が二股《ふたまた》に割れていて髭《ひげ》に見えなくもない。掃除のときに何度も触れていたくせに、意識していなかったせいで全く気が付かなかった。くるくる回して色んな角度で観察してみれば、底面に小さくアルファベットで名前が記されていた。濃い青で書かれた名前を何気なく指先で辿る。

「あれ？　これ」

ちかりと光が差し込むような僅《わず》かな違和感を覚え、呟《つぶや》きを洩《も》らした。しかしすぐに忘れてしまう。芙美さんが口にした台詞《せりふ》によって。

「ハナヒゲウツボはね、『おんこ』なのよ」

まさかここで、その単語が出てくるとは思わなかった。すっかり頭の隅に納まっていた『おんこ』の登場に、私も葉書をひらひら振っていた環さんも動きを止めた。

「青いときは、オスなの。それが黄色に染まるときが来て、黄色になると、メスになる」

「性別が変わるっていうの？　そんなこと、あるの？」

「あるのよ。雄性先熟《ゆうせいせんじゅく》っていったかな。若いときは青色のオス、年をとると黄色に

――メスに変わって卵を産むの。素敵でしょう、黄色いハナヒゲウツボのことを知ったときは、震えたわ。あたしもそうなりたい、って思った」

ついっと、芙美さんが視線を投げる。私の持つ、へびみたいなハナヒゲウツボに。

「まだ小さなころから、あたしは自分の子どもが欲しかった。あたしの血を引いたあたしの子ども。血って呼びあうものなのかしら。似てるってどういう風かしら。通じ合うものがあるのかしら。子どものころからずっと考えて、憧《あこが》れてた。自分がどこのどんな人間から生まれたのか分からないって、寂しいのよ。帰りたいのに、帰る家が分からない感じ。どうやって歩いて来たんだっけって後ろを見ても、その道が見当たらない感じ」

芙美さんはとても哀しい声で言う。それを聞いて私は、幼いころに迷子になったことをぼんやりと思い出していた。あれはまだ小学校に上がる前で、どんな場所で何をしていたのかまでは覚えていない。ただ、気付いたら私はひとりで、どこから来たのかどこへ行けばいいのか分からなくなっていた。世界はいままでとはまるで違って見え、自分の立っている場所すら不確かに感じられる。そしたら本当に地面がふわふわと揺れ始めて、立っていられなくなった。果てしない時間をひとりへたり込んで泣いていた気がするけれど、私を見つけ出してくれた父はおっとりと笑っていたから、きっと束の間《つかま》のことだったのだろう。しかしこの年になっても、ひとりきりで世界に立ち尽くした恐怖を覚えている。

「この世界で誰かひとりでいい。あたしと繋《つな》がるひとが欲しかった。でも、それと同時に育っていったのが、男として生きることの辛さだった。どうしてあたしはこんな形でこの世にいるんだろう。女に生まれてきたかった。女になって、そして自分のこの体で我が子を産むことができたら、きっと満たされるのに」

いつもは銅鑼《どら》のような声なのに、いまはとても柔らかに丸く響く。

「そんなとき、テレビでハナヒゲウツボのことを知ったの。滅多に出会えなくて、見ることができたら幸せになれるっていうのよ。ちょうどこの店を出す準備をしていた矢先で、時間に少しの余裕があったの。だからハナヒゲウツボが生息しているっていう沖縄まで行ったわけ。何日滞在したんだったかしら。もう全然見つけられなくていっそ沖縄で店を出すか、なんて言ってたときに、出会えた。それは、青から全身黄色に変わる途中のハナヒゲウツボだった。本当にメスに変わろうとしてて、とても綺麗《きれい》だった。ああ、あんたたちにも見せたいわねえ。きっと感動するわよ」

御猪口に注いだ日本酒をきゅっと飲んで、芙美さんは浮かされたように言う。

「ハナヒゲウツボになりたいって本気で思ったわ。そしたらあたしの苦しいものは全部超越できてしまう。髪を金に染めてみたのは、最初はハナヒゲウツボのコスプレのような感覚だった。もっと近づくにはどうしたらいいのかって化粧をして、女に変わっていくのなら話し方を変えた方がいいかなと思って気を付けた。女になりかけってなんて呼べばいいのかしらって考えて『おんこ』って名前に決めたの。ちょっとセンスがヤバい気もしたけど、名称ができたことでとても落ち着いた」

芙美さんは、まだ未定だった店の名前も自分もハナヒゲウツボに変えていった。

「そうこうして気付いたら、すごく生きやすくなってる自分がいた。これだったらあたしは生きていけるって思えた」

きっぱりと言う芙美さんはやはりとても強い人だ。誰にどんな目で見られようがへいちゃらで、いつだって真《ま》っ直《す》ぐ立っていた。飾り立てたその中にたくさんの葛藤《かっとう》の痕《あと》があるのに、それをちらりとも見せなかった。私はきっと、芙美さんのこんな強さに、救いを求めたんだろう。

黙って話に耳を傾けていた環さんが、ふうと息を吐いた。なるほど、と呟く。

「色々納得した。あのときどうしてわたしは拒否されたんだろうって、やっぱり疑問だったんだ。『男』としての愛情ではなかったたってことね」

「……がっかりさせたのなら、ごめんなさい。でも、あんたが大事なのは、変わらない。どうか、それで許してくれないかしら」

「ううん、それでよかったと思ってるの。だって、これからもあんたの想《おも》いを欲しがれるじゃない。それに、ちょっと変わった『友情』だと思えば『愛情』よりもよほど不変を信じられる気がする」

「変わらないわよ。一生って、言ったでしょう」

うん、信じる。そう言って、環さんは微笑《ほほえ》んだ。


翌日の朝、三人で最後の朝食をとった。とても賑《にぎ》やかな食事を終えた後、環さんがもうそろそろ行くと言って身支度を整えた。

ロングコートを着込んで、手にはボストンバッグ。少し緊張した顔までも来たときと同じ環さんは、芙美さんに近づいて顔を見上げた。

「たくさん迷惑かけたけど、お蔭ですっきりした気持ちになれた。わたし、頑張るから。ここに逃げ戻るようなこと、しない」

「大丈夫よ。あんたなら、きっと。でも、無理はしないようにしなさいね。体、冷やしちゃだめよ。もういい年なんだから」

「年齢のことは言うんじゃねえよ。高齢出産っていう単語にも実はおびえてんのよ」

くすりと笑って、環さんはバッグを持っていない方の手を差し出した。

「いろいろ、ありがとう」

「やだやめてよ。あたし、こういうドラマっぽいやり取りって苦手なのよ」

両手を顔の前で振って拒否していた芙美さんだったが、環さんは頑として手を引っ込めない。根負けした芙美さんは躊躇《ためら》うそぶりを見せながら、それを握り返した。

「わたしね、最初すごく失望した。こんなひとに会いに来たんじゃないって思った」

環さんが手を離さないまま言う。

「でも、いまは会えてよかったって思う。芙美に会えて、よかった」

芙美さんがゆっくりと目を瞬《また》かせる。目じりを少しだけ赤くして、それからふわりと微笑んだ。

「……ありがとう。初めてそう呼んでくれたわね」

開店時間になったので、駅までは私が送ることになった。ふたりで並んで歩く。

「沙世ちゃん。本当に、ありがとうね、たくさん迷惑かけたね」

「そんなことないですよ。楽しかったです」

「嘘《うそ》。わたしのこと、嫌な女だと思ってたでしょう？」

急に言われて、思わずびくりとする。環さんを見ると、くすくすと笑った。

「すごい顔してるよ。沙世ちゃんって表情が豊かだよね。考えてることがすぐわかるんだもん」

「え、あ」

慌てて顔をぺたぺたと触ってみる。そんなつもり、全然なかった。

「あはは、おっかしい。本当に気付いてなかったんだ。うるさいなあとか、我儘《わがまま》だなあ、面倒だなあ、もう全部顔に書いてたよ」

嘘だ。愕然《がくぜん》とした私に、環さんは笑い過ぎて目じりに滲《にじ》んだ涙を拭って言う。

「わたし、芙美を——高橋さんを利用しようと思ってた。気持ちに応《こた》えるつもりなんてないくせに、想いをよこせって言いに来てた。本当に嫌な女なんだから、沙世ちゃんがわたしのことを冷ややかに見るのも当然だよ」

「あ、あの。分かってて、どうして私と一緒にいたんですか」

駅前のビジネスホテルに滞在することだってできたのに、彼女はそれを拒否した。何も私の狭い部屋に居なくてもよかったのに。

「置いていかれた子どもみたいな顔をしてたから傍に居たくなったんだよね。あ、ここのお煎餅《せんべい》美味《おい》しかったな。食べよう」

この間と逆だ。私がぼうっと立ち尽くしている間に、環さんはお煎餅を二枚買って来た。私に一枚差し出してくれる。

「私、そんな顔してましたか」

雪の粒のようなザラメに視線を落として訊《き》く。ざくざくと煎餅を齧《かじ》る環さんは頷《うなず》いた。

「嫌な顔をしてわたしを見てたくせに、おやすみなさいって言うときはほっとした顔をしてた。部屋に帰りましょうって言うときは嬉《うれ》しそうだった。わたしがいた方が助かると言ったこともあったよね。何だか気になって、一緒にいたの」

とても恥ずかしくなって、視線を上にあげられない。何もかもばれていたなんて。

「でも、わたしはわたしのことだけで精一杯で、沙世ちゃんが何か抱えてるってことは分かったけど、何もできないままだった。ごめんなさい」

ばっと顔を上げる。煎餅を半分ほど食べた環さんが寂しそうに笑っていた。

「わたしは余裕の持てないダメな女だから、知ってて何もできなかった。悩みを聞くことも、一緒に苦しむこともできなかった。沙世ちゃんはわたしの為《ため》にしてくれたのにね。面倒な女だなあって顔してても、わたしを受け入れてくれてた」

環さんは、ボストンバッグを地面に置き、空いた手でコートのポケットを探った。

「これ、受け取って」

環さんが差し出したのは、一枚の封筒だった。のろのろと受け取る。

「中にわたしの住所と、携帯電話の番号がかいてある。携帯はいまは持ってないけど、すぐに直すから大丈夫」

「は、い」

「いつでも会いに来て。寂しいときや苦しいときは電話して。何でもないときでもいいよ。夜中でも、早朝でも、たくさん話そう。わたしにも、沙世ちゃんを受け入れさせて」

驚いて顔を見る。環さんはさっぱりと笑った。これまでみせたことのない優しさがある。

「なんて言って、わたしが沙世ちゃんをいいように使おうとしてるのかもしれないけど。わたしの愚痴も、聞いて欲しいし」

「ありがと、ございます……」

喉の奥に、こみ上げてくるものがある。それを、ザラメ煎餅を齧って無理やり飲み込んだ。歯ごたえのいい煎餅を噛み砕く。ゆっくり飲み込んで。もう一度ありがとうと言った。

「信じてもらえないかもしれないですけど、私これでも、環さんのこと結構好きなんです」

本心を言うと、環さんは知ってるよと言った。

「だから一緒に居られたんだよ。好かれてるところもあるって、知ってた」

駅前に着いてから、深々と頭を下げた。

「お気を付けて。何かあったら、連絡して下さいね。いつでも、行きますから」

「ありがとう。じゃあ、またね」

言って、一旦《いったん》駅舎に体を向けた環さんがすぐに戻ってくる。バッグを探り、彼女が出したのはあの褪《あ》せた葉書だった。

「これ、預かっておいて。沙世ちゃん」

「え？　どうして」

「だっていつでも、忘れ物取りに来たーって帰って行けるでしょう」

おどけたように言う環さんに笑う。

「そんなことしなくても、いつ遊びに来てもいいんですよ？」

出産前でも、出産してからでも、いつでも気軽に来ればいい。私の部屋でいいのなら、泊まってもらっても構わない。しかし環さんは笑って首を横に振った。そうじゃなくて、帰る場所にしたいのよ、わたしは。だから、ずーっと預かっていて。よろしくね。

環さんは私の手に葉書を押し付けて、今度こそ去って行った。

彼女を飲み込んだ駅舎を少しだけ眺めて、背を向けた。コートの合わせ目を片手で押さえ、もう片方の手で葉書を持つ。

「あれぇ、沙世ちゃんだ」

不意に声が掛かって、顔を上げれば前方に幸喜子さんが立っていた。

「どうしたの、お使い？」

「いえ、ちょっと駅まで人を見送りに。ブルーリボンにいた例の妊婦さんが、お帰りになったんです」

「あ、そうなんだ。会えずじまいだったなあ。あれ、それってブルーリボンの写真じゃない？」

私の手元のものに気付いた幸喜子さんに、頷きながら葉書を渡す。受け取りながら、古いねえと言った幸喜子さんが、わあ、と歓声を上げた。

「懐《なつ》かしい。これ、オープン当時に知り合いに送ったやつだ。私も貰《もら》ったんだよ。どこにしまったかなあ」

「へえ、そうなんですか」

「しかも、やだこれ。すごく懐かしい……」

幸喜子さんの呟きに、耳を疑った。


扉を叩きつけるように開けると、キッチンの椅子《いす》に座って新聞を読んでいた芙美さんが顔を上げた。近眼用の眼鏡を取りながら、顔を顰《しか》める。

「何よ沙世。扉はもうちょっと優しく……」

「文雄《ふみお》さん」

芙美さん――高梁《たかはし》文雄さんの表情が消えた。

商店街を全力で走り抜けてきた私は、息を整えながら続けた。

「文雄さん。本当の重史さんは……、亡《な》くなっていたんですね」

芙美さんが、強く眼を閉じる。唇の隙間から、どうして、と呟きが漏れる。環さんから預かった葉書を掲げた。

「幸喜子さんがこれを見て、言ったんです。しーちゃんの名前だ、って」

懐かしいと彼女が言ったとき、何を言っているのか理解できなかった。どういうことですかと訊けば、幸喜子さんは私の勢いに驚きながら教えてくれた。

しーちゃんは、ブルーリボンがオープンして三年目くらいに亡くなったのよ。悪性の腫瘍《しゅよう》ができていて、何年間も闘病してたの。最初の内はお店にも出られたし、啓太の面倒を見てくれてたりもしたけど、それもだんだん難しくなって、最後は長野の方のホスピスに入ったんだ。しーちゃんが亡くなったとき、知り合いはふーちゃんと私とあと何人かしかいなくて、その数人でひっそりお葬式したのよ――。

果たして、芙美さんが全身で大きなため息を吐《つ》く。目を閉じたまま、環さんは？と訊く。

「環さんは、何も知りません。彼女と別れた後のことだったので」

「そう……。ねえ、臨時休業の札掛けて、扉閉めてよ。店を開けてる気分じゃなくなったわ」

芙美さんに言われるままにする。ふと思い立ち、窓際《まどぎわ》のハナヒゲウツボを手にした。黄色い体の腹部の辺りを見たら、shigehumi と書かれている。

昨晩これを見たとき、不思議に思ったのだ。作家が銘を入れるように書かれているのに、どうして芙美さんの名前が、って。

「……環さんに嘘を吐《つ》いたのは、どうしてですか」

「重史のお願いだったから」

芙美さんが立ち上がり、コーヒーを淹《い》れる支度を始める。がりがりとミルの音が響き、私はハナヒゲウツボと葉書をもったままカウンター席に座った。

悪性の腫瘍ができて、長く生きられないとわかった重史は会社を辞めた。残りの人生を楽しく生きたいって。その割に、ずっとあたしの傍で支えてくれた。あたしが店をやりたいと言えば一緒に奔走してくれたし、沖縄にも付いてきてくれた。ハナヒゲウツボになりたいって言ったあたしに、なっちゃえよって言ったのも重史だった。ふみの人生なんだから生きたいように生きればいい。ふみが苦しみながら生きるより、笑顔で生きてくれた方がいい。ハナヒゲウツボになったふみはきっとかわいいよ、って。本当に、最高の男だった。

その葉書を書いてるときのことはいまでもはっきり覚えてる。すごく嬉しそうにしてたわ。環さんは来てくれるかな。どんな願いごとをしに来るだろう、って。でもあの子は来なくて、重史の病状は日増しに悪くなっていった。もうここで働くのも難しい状態になったときに、重史はわざわざここから遠く離れたホスピスに入った。周りの人には俺はどこか遠いところに行ったたって言っておいてくれ、病気のことなんて絶対に知らせるな、って言って。

店と長野の往復はきつかったな。長い距離の果てに待ってるのは、散り終わるときを静かに迎えようとしている重史だもの。

あるとき、重史が言ったの。環さんが来たら、俺が死んだなんて言わないで欲しい。ふみが俺のフリをしてくれよ。いまの、化粧をしたふみなら、環さんもきっと気付かない。俺の代わりに、ふみが彼女の願いごとを聞いてやって欲しいんだ。

バカでしょう？　環さんとの話は、何度も聞かされてた。とても綺麗で笑顔が素敵なんだって。ホテルでキスをされたときなんて死んでもいいと思ったって。都合よく使われただけなのに、最高の思い出のように語るのよ。そんな女が会いに来るわけないじゃない。来たってきっと碌《ろく》でもない願いしかしないに決まってる。

でも重史はあたしに、自分のフリをしてくれと言ってきかなかった。

俺はもう死ぬけど、環さんの中で生きていたい。環さんは言ったんだ。あなたがわたしのことを一生想うんなら、わたしも一生覚えています。この世のどこかにわたしのことを好きなひとがいて、わたしのことをいまこの瞬間も想っているんだなあって。雨降りの朝とか、最悪な一日の終わり、自分が嫌になっちゃった瞬間なんかには思い出します。わたしのこと好きな男は何してるんだろうって。だから俺は、彼女が生きてる限り、生きていられる。

あいつは環さんの為に、ひっそり死んでいったのよ。もっとたくさんの人に見送られてしかるべきだったのに、何度だってその死を悔やまれて悼《いた》まれるべきだったのに、それをせずに。

そして死ぬ間際まで、言ってた。環さんはいつ来るかな。ああ、あのとき抱いてたらよかった。あのときもっと好きだって言っておけばよかった。そんなことばっかり……。

私の目の前に、コーヒーカップが置かれる。手に取ってそっと口を付ける。いつもよりほんの少しだけ薄い。

あの子がここに来て名乗ったとき、聞き間違いなんじゃないかって思った。もうすっかり、諦めていたんだもの。どうしたらいいのか分からなくなった。重史はあなたのことを想いながら死にました。本当に、一生をかけて好きでしたよって言った方がいいんじゃないのかと考えた。

でも、あの子の中にまだ重史は生きてるのかもしれないって思うと、言えなかった。真実を告げると、今度こそ本当に重史がこの世からいなくなってしまう。環さんの中の重史を、あたしは守りたかったのよ。

雨が降り出した。窓に柔らかな雨粒が落ちる。このまま豪雨になればいい。雨の霞《かすみ》と音が、この人の思いを束の間隠してくれればいい。

「葉書を私に預けていったのは、ここを帰る場所にしたいから、って環さんは言ってました」

芙美さんが顔を上げる。

「重史さんは、またここに帰ってきます」

「また、ここに……？」

化粧の剝《は》げ落ちた顔に、笑って頷きを返した。

芙美さんは、重史さんに新しい命を吹き込んだんですよ。環さんの中で小さく息づいていた重史さんは『芙美』という存在として新しく生まれた。環さんの中で重史さんはずっと――きっと彼が思っていたよりも大きな存在として生きていける。私は、芙美さんが『おんこ』から『黄色のハナヒゲウツボ』になったんだと、そう思います。

カップに口をつけ、ゆっくりと飲み下す。

胸の奥の、深いところ。私が何年も浚《さら》い続けていた記憶の水底から、あの日の瞬間がゆっくりと引き揚げられていた。

『生きていけるから』

彼はそう言ったのだ。

『沙世がいたらずっと』

本に夢中になっていた私が聞き零《こぼ》した言葉は、それだった。

恋人の死の理由はもう永遠に分からない。それでも私はこれからもその理由を探してしまうだろう。眠れぬ夜も、涙に濡れて起きる朝もきっとやってきて、私を苦しめる。でもいま、少しだけ救われた思いがしている。

黄色いハナヒゲウツボとなった女が教えてくれたから。

恋人は私の中で、姿を変えて泳いでいる。

溺《おぼ》れるスイミー

名も知らぬ小さな駅で、父と別れた。

海に向かう、四両仕立ての電車だったと思う。夕暮れの日差しが降り注ぐ無人のホームに降りたったのは、幼い私と母だけだった。おとうさん、と小さく呟《つぶや》いた私の声と、電車の発車を知らせるメロディが重なる。ゆるりと、しかし容赦なく閉じる扉が私たちと父とをきっぱりと引き離す。

共生できないひとには、これでいいのよ。

走り出すそのときに落ちた母の言葉に、ぞくりとした。僅《わず》かな温《ぬく》もりも存在しない、冷え切った声だった。繋《つな》いでいた手をぎゅっと握りなおし、母を見上げる。遠ざかる車体を見つめていた母が、私に視線を落とす。夕日に照らされたその表情は、摑《つか》めなかった。

唯子《ゆいこ》ちゃんもお父さんみたいなことしていると、ああなるのよ。

きょうせい、という言葉を、小学校に上がる前だった私はまだ知らなかった。けれど母が言わんとしている意味は、分かった。私も、ひとりきりで遠いところに放り出されてしまうかもしれないんだ。

ようく分かったわね、唯子ちゃん？

恐怖で泣き出しそうになるのをぐっと堪《こら》えて、何度も頷《うなず》いてみせた。母の口元だけが、くっきりと浮かびあがるように見える。赦《ゆる》すように柔らかく持ち上げられた口角に、安堵《あんど》ともしれない涙が一粒だけ転がり落ちた。

父の行方は、分からない。


宇崎《うざき》くんは、落ち着かなくてはいけないと思う瞬間に、『しるし』が見えるのだそうだ。右手はこっち、左手はここですよ、というように手の形をしたしるしが目の前に浮き上がるのだという。

「そこに両手を重ねたら不思議と気持ちが静かになる。しないといつまで経《た》ってもそわそわして落ち着かねえ。だからいつも、こうしてしるしに手を重ねるわけよ」

彼はそう言って、大きなハンドルの上に両手を並べてみせた。筋張った大きな手がお行儀よく指を揃《そろ》えて並ぶ。一瞬ぴたりと動きを止めたかと思うと、ぐっとハンドルを握りなおす。日に焼けた手の甲に、青い血管がぷくぷくと道をつくった。

宇崎くんは小学校低学年のころ、椅子《いす》に全く座っていられない子どもだったという。それも、授業中だろうとお構いなく校庭に駆けだして行くような、問題児。だから授業中は強制的に、椅子に縛り付けられていたそうだ。

「腹と足をベルトみたいなので固定されてた。勉強しなくちゃいけないから両手は解放されてたんだけど、まあ勉強なんてするわけないじゃん？　仕方ないから机の上のもので遊んで——消しゴムや鉛筆投げたり、教科書のページをくしゃくしゃにしてた。でかい声出したり、歌ったりもしてたような気もするな。一年生のときの担任はまだ年の若い女だったけど、もう手に負えませんって泣いちゃって、ノイローゼっていうの？　そんなんになったんだ、たしか。で、二年生に上がったときの担任がすげえ良いひとで。あの時四十くらいだったのかなあ、とにかくオッサンだったんだけど、そいつが俺に言ったの。先生とゲームしようって」

ようく聞け、宇崎。これは、机に書いた手のひらの絵の上に自分の手のひらを乗せたまま動かないでいる、っていう簡単なゲームだ。授業の間の五分間それが我慢できなかったら、先生の勝ち。動かさずにいられたら、宇崎の勝ち。先生が勝ったら宇崎は再チャレンジをすること。宇崎が勝ったら、先生は昼休みに宇崎と一緒に遊ぶ。宇崎の好きな遊びなら、何でもいいぞ。だからゲームをしようや、宇崎。

「五分我慢できるようになったら、レベルアップして六分、七分。そんな感じで時間がのびていってさあ」

この奇妙なゲームを秋口まで続けた宇崎少年は、気付いたら椅子に座ることが平気になり、どころか普通に授業も受けられるようになっていた。

「それ、本当の話なの？　虐待《ぎゃくたい》めいてる部分からして、簡単には信じられない」

自分の手を膝《ひざ》の上に乗せ、首を傾《かし》げる。こんな他愛ない事で、本当に？

「嘘《うそ》なんか吐かねえよ。息子を助けてくれたお礼だっつって、その担任に毎年お中元とお歳暮欠かさなかったもん、俺の親。もしかしたら、いまも送ってるかもしんねえ」

ひひ、と宇崎くんが笑うと、八重歯がちらりと姿を現す。

「人並みに椅子に座っていられるようになったってのは、感謝してる。頭は全然よくなんなかったけど、一応高校まで出られたしな」

前方の信号が赤に変わり、車が緩やかに止まる。まっすぐ前を見ていた宇崎くんが私の方へ顔を向け、こうして仕事にも就けてるし、と言い足す。

「宇崎くんの運転、とても安心して乗っていられるよ。椅子に座っていられないくらい落ち着きがなかったなんて、信じられない」

「へっへ、さんきゅ」

宇崎くんが、顔をくしゃっと崩して笑う。その顔は、ちょっと怖い。彼はとても厳《いか》めしい顔をしているのだ。昔、祖父が見ていた時代劇の、悪代官の手下にそっくりだと思う。ぎょろっとした目に、薄くて色味のよくない唇。そして、中心にある大きな鼻は緩やかに、右にカーブしている。背はさほど高くないけど体つきはレスラーのようにがっしりしていて、黙って立っていたら恐ろしく威圧感がある。私も、初対面のときは思わず悲鳴を上げてしまった。

私たちが出会ったのは、つい半年ほど前のことだ。宇崎くんが私を、大ざっぱに言えばナンパしたのだ──宇崎くんは、声をかけただけだと言い張るけれど。場所は、土をたくさん積んだダンプカーが出入りする工事現場の入り口。お菓子を食べながら行き交うトラックを眺めている私に、「あんた砂埃《すなぼこり》食ってんの?」と見知らぬ男が話しかけてきたのだ。

「ぎゃぁ……っ、あっ、サ、サブレです」

モンスターに遭遇したかのような悲鳴を上げ、それをごまかすように慌《あわ》てて食べていたお菓子をみせた。まだ寒さの残る三月の初めのことで、彼はデニムのつなぎに虎《とら》柄《がら》のファーベストを着ていた。もこもこしたニット帽を被《かぶ》り、白いタオルをマフラーのように首に巻いたその服装と、前述のとおりの厳めしい風貌《ふうぼう》に怯《おび》えないでいるのは無理だった。

「ふうん。まあ何食っててもいいけどよ、こんな砂埃の多いところで食ってたら不味《まず》くなるだろ。つか、不味そうな顔してるし」

「あ、いやこれは食べ飽きてるだけです。私の勤務先の製品で、廃棄がたくさんあるから捨てるのももったいなくて、それで……」

言わなくてもいいことまで言ってしまい、慌てて口を噤《つぐ》む。動揺しすぎていた。

「はあ？　意味分かんねえけど、とにかく場所変えな」

乱暴ではあるものの優しさのある声音で男は言い、それから私と工事現場を交互に見る。

「あ。もしかしてだけど、姉ちゃんここで働こうとしてるとか？　まさか重機扱えたりすんの、そんなナリで」

「ち、違います。あの、見てただけです。その、トラックとかダンプとかを」

「は？　そんなの見て楽しい？」

「た、楽しいというか見ていたいというか……。あの、すみません、もう行きますから」

邪魔にならないように眺めていただけだけど、目障《めざわ》りだったのだろう。慌ててその場から離れようとすると、腕を摑まれた。今度こそ繕《つくろ》うことなく悲鳴を上げると、男も大きな声を上げ、ぱっと手を離す。

「な、何ですか。あの、邪魔だったなら謝りますからっ」

「違う違う！　帰んなくていいよ、って言おうとしただけ。それと、せっかくならもっと近いところで見せてあげようか、って思ってよ」

男は少し離れたところでハザードを焚《た》いているダンプカーをくいと指さして、乗ってみるか、と言った。

「助手席。ここからじゃ、奥で何してるかまでは見えないだろ」

今度は私が、男と工事現場を交互に見る番だった。男は怖い顔に笑みのようなものを浮かべている。

怪しい。簡単に出ることのできない動く密室に、初対面でしかも怖そうな見た目の男と二人きりになるなんて、ありえない。頷くとしたら危機管理能力が欠如していると考えなければいけない。

結果、私は欠如していた。三分後には、初めての大型ダンプの助手席に乗ってはしゃいでいたのだから。想像していたよりも高い位置にあって、広い。そしてそこそこ綺麗《きれい》に片づけられていた。

「私、ダンプに乗ったのって初めてです！　わあ、楽しい」

「すぐに飽きると思うけどな。とりあえずこれから山に行って土を積んで、それからここに戻るわ」

ダンプカーがゆっくりと動き出す。それは、鯨が海中を進むときはきっとこんな感じなのだろうと連想させる力強さだった。思わずため息がこぼれる。

「すごい、すごい」

さっきまで遠く眺めていたものの中に、自分が紛れ込んでいる。想像するしかなかった景色の向こうまで見ることができる。あんた、ガキみてえに喜ぶね。興奮気味に身を乗り出して喜ぶ私の横で男は愉快そうに運転して、時折仕事の内容など教えてくれた。

互いに自己紹介したのは彼の仕事が終わった夕方のことで、私は彼が同い年の三十二歳だということを知り、そしてまた乗りたいのであればいつでも声かけてと携帯番号を教えてもらったのだった。

それから月に一回ほどの頻度で宇崎くんに連絡しては、助手席に乗せてもらっている。宇崎くんが運ぶものは土砂や産業廃棄物などで、行先も様々だった。私が横に乗っていても気にしない現場もあれば、許可証がないと入れないと言われて出入り口で待たされることもあった。私はどんなところでも、集まっては散っていく大型車たちを眺め続けた。

宇崎くんは私を厭《いと》うことなく、いつも受け入れてくれる。前日の夜や当日の朝に、横に乗っていい？と連絡する私に、じゃあどこどこまで出て来たら拾うわと言うのだ。そして彼は、とても紳士的だ。私に性的魅力がないのだろうと言われたらそれまでだけど、妙な雰囲気になったことが一度もない。彼の仕事が終われば、最寄《もよ》りのバス停に私をおろしてくれる。そして、じゃあまたなと言ってさくっと去っていく。

今回もまた、仕事を終えた宇崎くんは何事もなく私をバス停まで送ってくれた。

「いつもありがとう。お礼にもなんないけど、これ」

宇崎くんに差し出した紙袋の中には、透明なビニール袋に包まれたたくさんのサブレがある。私が、宇崎くんと初めて出会ったときに齧《かじ》っていたサブレだ。二回目に会ったときにガソリン代にして下さいと現金を渡したら受け取ってくれず、どうしてもお礼がしたいのならあのとき食ってたサブレをくれと宇崎くんが言ったのだ。そんなことくらい、と次に袋一杯渡したら旨《うま》い旨いと喜んでくれたので、必ず持ってくるようになった。

「今回のも割れてるやつだけど、綺麗なのを見繕ったから」

「食えりゃいいよ。でも顔が無傷だと何だか嬉《うれ》しいよな。特にこいつ」

さっそく袋を開けた宇崎くんが、形の綺麗な一枚を取り出す。サブレは片足を小さな珠《たま》に乗せ、大きく口を開けた狛犬《こまいぬ》の阿像《あぞう》の形をしている。この型の狛犬はデザインの妙なのか鼻が少し曲がって見えて、宇崎くんのお気に入り。他人とは思えねえんだよな、なんてことを毎回楽しそうに言う。

「なんだ、これ尻尾《しっぽ》がほんのちょっと欠けてるだけじゃん。これも売り物になんないの」

「なんないの。従業員のおやつになって、それでも残れば廃棄されちゃう」

「もったいねえ話だな」

「まあね。でも、こうして宇崎くんにいっぱい食べてもらえるからいいんじゃない？」

宇崎くんが笑う。よくよく見れば愛嬌《あいきょう》があってかわいい顔だなと最近思うようになった。

「また連絡しな。じゃ」

「うん、じゃあまた」

狛犬を二口で食べ終えて、宇崎くんは鯨を動かし帰って行った。夕日のほうへ消えていく大きな車体を見送って、それから私は大きく息を吐いた。バッグの奥底に沈めていた携帯電話を取り出してみる。いくつかのメールを知らせる通知が表示されていて、気が滅入《めい》る。頭をふるふると振って、それらすべてをチェックしていく。

『仕事帰りに卵とネギと食パンを買ってきて下さい。なるべく早く帰って来てね』

最後に母からのメールをみて、ずんと胸が重くなる。返信文を作っているとバスが着いたので乗る。バスは幸いにも空《す》いていて、一人用の座席に腰かけた。

宇崎くんのダンプカーから見るよりも低い位置で流れ出す景色をぼうっと眺める。オレンジに染まった街並みに自分の顔がうっすら浮かんで見える。

年を重ねるにつれ、父に似てきた。幼いころは母のミニチュアみたいだと笑われるくらい母似だったのに。目を逸《そ》らすように膝に視線を落とし、両手をそっと並べてみた。私にはもちろんしるしが見えない。

様々なポーズを取る愛らしい狛犬を模《かたど》ったサブレは櫻門《さくらもん》製菓の主力商品で、この県の代表的な銘菓のひとつである。見た目だけでなく味もよく、さっくりとした食感が癖になると言われている――私はすっかり食べ飽きていて、単調な味で不味いとさえ思うけれど。赤と白を基調としたパッケージのせいか、祝いの品にも重宝される。しめ縄を巻いた阿像のサブレは受験のお守りにすると御利益《ごりやく》がある合格狛犬、という噂《うわさ》がまことしやかにあって、毎年受験シーズンになると全国から注文が入る。

櫻門製菓の工場は、山間《やまあい》の小さな町にある。町の北側にある山の中腹辺り、町の全景を見下ろせる位置にある清潔感のある真っ白で大きな建物だ。工場では、町の女の半分が働いている。というのは私の感覚だけれど、それくらいたくさんの女がいる。毎週月曜日から金曜日まで、時間になると工場から従業員送迎バスが何台も吐き出されて町を走る。そしてバス停で待つたくさんの女たちを続々と飲み込んでいく。

もちろん男性もいるけれど、女性の方が圧倒的に多い。工場は女性工員で成り立っているのだ。高校を卒業したばかりかと思うような若い子から、還暦を越しているひとまで、様々な年代がいる。バスに乗って集まった女たちは、工場に着くと一斉に解き放たれる。建物と同じような真っ白の作業着に身を包み、各々《おのおの》の持ち場に向かう姿は、真っ白い魚の群れのようだ。幼いころに両親と行った水族館でみた、鰯《いわし》の群れとよく似ている。魚たちは決まった時間、何百何千のサブレを作る。

主だった産業のないこの町は、工場によって潤《うるお》っている。工場で稼いだお金で女たちは服を買い、夕飯のおかずを一品増やすのだ。かくいう私も、櫻門製菓の正社員として働きその給与で生きている。それも、高卒で入社してからずっと、もう十五年も。私の担当部署は花形である狛犬サブレではなく、二番人気の狛犬最中《もなか》だ。最中の包装をチェックするのが主な仕事。餡《あん》をたっぷり詰めた最中は機械によってきれいに包装されるけれど、包装中に最中が潰《つぶ》れたり包装紙が破れたりすることがある。それを除《よ》けたり包装紙の補充をするのが私の仕事。こしあん・しろあん・抹茶あんの三種類があるので、どれがいま流れているのかもちゃんと把握しておかないといけない。包装された最中がみっちり詰まった番重《ばんじゅう》を台車に乗せるのは結構な重労働で、この部署に異動になったばかりのときは腰痛《ようつう》に悩まされたものだ。

部署によっては騒々しいところもあるが、私のいるところは静かだ。ベルトコンベアの小さなモーター音と、カシャカシャと紙が擦《こす》れる音しかしない。ひとも少ないので声もほとんどしない。目の前を流れていく最中と同じくらいの速さで時間が過ぎてゆく。

「島田《しまだ》さん、もう具合はいいの？　休んでたでしょう」

ふいに声を掛けられて視線を向ければ、製造部課長の立野《たての》さんが立っていた。信楽《しがらき》焼《や》きの狸《たぬき》のような体形をした私より六つ年上の立野さんは、規則で着用が決まっているマスクの下できっと笑みを浮かべている。このひとはいつも、内面をそのまま表したかのように穏やかに微笑《ほほえ》んでいる。

「はい、いつもすみません。貧血が、酷《ひど》くて」

頭を下げると、立野さんは気にしないでいいよと鷹揚《おうよう》に言ったあと、きょろきょろと周囲を見渡す。それからぐっと声を小さくして、この間君を責めるように言ってしまったから、それが負担になったんだろう？　と不安そうに私の顔を覗《のぞ》き込んだ。

「焦《あせ》ってしまって本当にごめん。人生を決める問題だから、君は好きなだけ悩んでいいんだよ」

眉根《まゆね》に深い皺《しわ》が刻まれ、瞳《ひとみ》は私を映して不安そうに揺れている。

立野さんにプロポーズされたのは一ヶ月前のことだった。工場の上、山頂よりにある景色が自慢のイタリアンレストランの、窓際《まどぎわ》の席でのこと。淡いブルーの小さな花――ブルースターをメインに置いた大きな花束を差し出しながら彼は言った。僕は君に不自由な思いはさせないよ。家事は得意だから君任せにはしないし、苦労を掛けない程度の貯金だってある。大型連休のときには必ず旅行に行こう。ああ、君が旅行好きだってことは知っているさ。君の行きたいところ、どこにだって連れて行くよ。だから、結婚して下さい。

とてもありがたいお話だ。これという特技もなく、流れる最中を眺める日々を送るだけの面白味のない女と一生を共にしようと言ってくれるひとなど、そういない。けれど、私はちょっとだけ考えさせて欲しいと言った。

そして、そろそろ良い返事を聞かせてくれてもいいんじゃないかと彼が言ったのが一昨日のこと。唯子さんは僕を試しているんだろう？　僕の気持ちに偽りがないことくらい、分からないのかい。私と付き合うようになってから初めて、彼が声を荒げた。

彼のこの謝罪は、そのときのことを言っているのだろう。

「やだ、それとこれとは別。いつもの、あれよ」

こちらも小声で、しかし努めて明るく言うと、立野さんがあからさまにほっとした顔をする。

「そう、そうか。唯子さんの生理が重たいのは、知ってるよ。きつくない？　今日の帰りは家まで送ろうか？」

「痛み止めも飲んでるし、もう大丈夫。心配してくれてありがとう」

にこりと笑ってみせると、立野さんがよかったと全身で息を吐く。XLの作業着のおなかの辺りが少しだけ膨張して、戻った。

「唯子さん、次の週末空いてるかな。夕飯食いに行こうよ。何がいい？　怖がらせてしまったお詫《わ》びってわけでもないけど、唯子さんの食べたいものなら何でもごちそうする」

「やったぁ。じゃあ、焼肉。隣町の華楽園《からくえん》がいい、なんて言っちゃおうかな？」

この辺りで一番高級な店の名を口にすると、立野さんが嬉しそうに目を細めた。

「もちろんいいよ、予約しておく。じゃあ、無理しない程度に頑張ってね。何かあったら、すぐに言って」

おなかの左側をくるりと撫《な》でて、立野さんは機嫌良さそうに去っていった。

「立野さんと、なに話してたのー？」

立野さんの姿が見えなくなった途端、話しかけに来たのはキミちゃんだ。キミちゃんの仕事は私と同じで、私が第一レーンで、キミちゃんが第二。

「昨日休んじゃったから、具合はもういいのかって訊かれただけだよ」

「ふふ、立野さんって、本当にユイちゃんのこと好きだよねえ。本人は公私混同していないつもりなんだろうけど、愛がだだ漏れ。あの年にしてようやくできた彼女だもんねえ」

キミちゃんがクスクスと笑うので、私も一緒に笑う。

「付き合ってもう二年くらい経つよね。結婚の話とかそろそろ出るんじゃないの？」

「キミちゃんって勘いいね。ちょっと前にプロポーズされたけど、待ってって言ってる」

「えー、マジで⁉　おめでとうって言いたいけど、なんで『待って』なのよ。愛が重い？」

「はは、それを言いだしたら別れないと。結婚することを大々的に広められることに覚悟がつかない、みたいな？」

ひょいと肩を竦《すく》めて言った。

この工場ではこれまでに何十組ものカップルができて、半分以上が結婚している。キミちゃんも、三年前に生産管理部の村迫《むらさこ》くんと社内結婚をした。社員同士の結婚を会社は応援していて、提携しているホテルの式場を格安で利用できるうえ、お祝い金までもらえるらしい。その一方で、社内報で半強制的に華やかに取り上げられる。はっとするほど可《か》愛《わい》らしく笑うキミちゃんのほっぺたに村迫くんがキスする瞬間の写真が見開きで載ったのを、いまも覚えている。

「よく考えてみてよ。私と、立野さんだよ？　どーんと写真が載っても仕方ないじゃない」

立野さんの姿に不満を覚えたことなどない。そもそも私自身が、人様に褒められるような外見でないからだ。やせっぽちの体に、特徴のない地味な顔。化粧したらそれなりだけど、標準以上ではない程度。立野さんに痩《や》せろというのなら、私はもう少し太って肉感的にならなくてはいけないだろう。

自分や立野さんを卑下しているわけじゃない。ただ、そんなふたりがおめかしして写真に納まっているのを披露して何の意味があるのかと思う。

「立野さんにはダイエットしてもらえばいいじゃん。ユイちゃんはいまのままで充分可愛いと思うよ？」

「その言葉は有難く頂くけど、そういうのが本当に苦手なの。結婚式なんてしなけりゃいいとも思ってるのに、立野さんは絶対にやりたいみたいね」

はあ、とため息を吐《つ》く。立野さんは私よりもずっと、結婚を夢見ている。

「ていうか、ほんとのところは色々考えることもあるんだよね」

「いろいろって？」

興味深そうにキラキラと輝く瞳に苦笑し、努めて軽く言う。

「立野さんと結婚したら私は死ぬまでここにいることが決まっちゃうんだなあ、とかさ」

「はあ？」

キミちゃんはとても大きな目をしている。その目を不思議そうにくるりと動かしたキミちゃんは、次にケラケラと笑った。

「やぁだ。それってもう働きたくないってことでしょ？　それならなおのこと早く結婚して、専業主婦になっちゃいなよ。立野さんは出世コースに乗ってるし、無理に働かなくてもいいじゃん。まあ、社内報は我慢するしかないね。十年経ったら記念になると思ってさ」

キミちゃんは笑いながら自分のレーンに戻っていった。それと同時に第一レーンで包装不良が起きたことを告げるブザーが鳴って、私は機械のはしっこに引っかかって僅かに潰れた最中を手で取り除く。そうじゃない、そうじゃなくて、と心の中で声がする。

そうじゃなくて——死ぬまでここにいることを決断するのが、怖いの。

マスクの下で、小さく声にして吐き出した。この白い水槽の中で、それよりもう少し大きな、町という水槽の中で死ぬまで生活していく。それは悪いことじゃない。社会の中で生きるという当たり前のことだ。これまでだってそうしてきて、それがこれからも少し形を変えて続く。それだけのことだ。怖い事なんて何もない。でも、だけど。無意識に握りつぶしていた最中を、廃棄箱の中に落とした。

週末、焼肉を食べた帰りに立野さんの部屋に寄った。独り暮らしの長い彼の部屋はいつも整頓《せいとん》されている。私が来るからなのか、ベッドにはぱりっと糊《のり》のきいたシーツがかかっていて、僅かな乱れもない。そこに腰かけ、ミントガムと少しのニンニク臭のするキスを交わす。桃を剝《む》くように私の服を丁寧に脱がしながら、彼が興奮したように吐息を洩《も》らす。ああ、君が毎日ここにいればどれだけ幸せだろう。いつまでも待つから、だからきっと僕と結婚して欲しい。肉厚の舌を吸いつつ、私はふっと考える。結婚するとしたらここが、彼が、私の日常になる。この部屋で『夫婦』という小さなコミュニティを構成し、日々を送る。いずれは子を産むこともあるかもしれない。そうしたら三人に増え、もしかしたらもっと増え、そうしたらマイホームなど買い求めたりするのか。

そこまで考えて、ふとうすら恐ろしいものを感じた。何か大きなものを見落としているような不安がざわりと肌を覆《おお》う。理由が分からないけれど、でも怖い。

「唯子さん……気持ちよくない？」

　ぼうっと原因を考えていると彼が不安そうに言い、どうやら全然濡《ぬ》れていなかったらしいと気付く。そんなことないよ、と曖昧《あいまい》に笑う。生理終ったばっかりだし、調子よくないのかもしれない。

「それならいいんだ。じゃあ、やめておく？」

「ううん、舐《な》めて？　大丈夫だから」

　目を見ながら言うと立野さんが嬉しそうに頷き、私の股《また》に顔を埋める。魚が跳ねまわるような湿りと共に甘い疼《うず》きが与えられ、吐息を洩らす。

　大丈夫。何が大丈夫なんだろう。彼とのセックス？　それを日常にすること？　それとも結婚？　よく分からない。奉仕的な立野さんのセックスは気持ちいいから嫌いじゃないし、これは大丈夫と言えるのかな。彼じゃないとダメ、ってほどでもないけれど。例えば宇崎くんのあの筋肉質な体はとても荒々しいセックスをしてくれそうでそれもきっと気持ちいいだろうし。って、どうしてここで宇崎くんが出てくるの。

　いつの間にか私に侵入してきた立野さんが、膨れたボールが弾むように動く。早漏の彼は私を満足させようとしているのだろう、苦しそうに顔を歪《ゆが》めて堪《こら》えている。宇崎くんならこういうときしるしが見えるのだろうか。例えば私の両乳房の上なんかに。

仰向けに寝そべると限りなく扁平《へんぺい》になる私の乳房の上にお行儀よく並ぶ無骨な両手を想像して、思わず笑い出しそうになる。あれ、どうして私はこんなときに彼のことを考えているのだろう。私の中でゴム越しに、立野さんが果てる。その瞬間も私は宇崎くんのことを考えていた。

今日は宇崎くんと会うようになってから初めての雨だった。約束を取り付けた前日の晩はとても晴れていたけれど、朝になったら街並みを灰霞《かいかすみ》が覆ってしまったような土砂降りに変わっていた。雨の日は真砂土《まさつち》を運搬する仕事ができないらしくて休日になってしまうという話だったけれど、宇崎くんは約束した場所にダンプでやって来てくれた。

「今日は仕事止まってるから、現場に連れてくことはできない。それは勘弁な」

しかし会社の社長に掛け合って、ダンプを動かす許可をとってくれたらしい。わざわざごめんねと謝る私に、暇だから別にいいよとあっさりと言う。いままで行ってない場所を走ってやるよ。この天気じゃ景色も楽しめないだろうけどさ。

特徴のある怖い横顔を眺めながら、変なの、と思う。こうしていても別にセックスしたいとは思わないのに、そんな雰囲気になったことも終《つい》ぞないのに、どうしてあのときこのひとのことを思い浮かべたのだろう。

「何だよー、唯。俺の顔ばっか見て」

「何でもない。あのさ、コンビニ寄ってよ。せめてものお詫びに、何か驕《おご》る」

それから私は食べきれないほどの飲み物と食べ物を買った。ノンアルコールビールも買って、駐車場で乾杯をする。何の乾杯だろうねと笑ったら、雨のドライブにってことでいいんじゃね？ と彼も笑う。仕事休みにダンプでドライブなんてしたことねえしさ、俺。

しかし休みなのに服装はやっぱりデニムのつなぎで、それを指摘すると、服を考えなくていいからいつもこれ、とけろっと言う。

「制服とか、楽だから好きだったなあ。あ、とりあえず車動かすな」

喉仏《のどぼとけ》を露《あら》わにして缶を一息に開けた彼は、ゆっくりとトラックを発進させる。水たまりの上を通ると、大きく水しぶきが立った。まるで、波を切って進んでいるみたいだ。普段でも鯨を思わせるのに、激しい雨の降るいまは特にそう錯覚してしまう。悠然と泳ぐ鯨の姿をぼうっと思い描く。

「制服つってても学生のころは改造したやつしか着なかったけど。俺のときは長《ちょう》ランとボンタンが流行《はや》ってたのかな。ヤンキーっつうか、ちょっとやんちゃな奴《やつ》はみんなそれ着てた」

「ああ、俗にいう改造制服ってやつね。やっぱり宇崎くんはやんちゃな子だったんだね」

我に返り、手にしていた缶の中身をちびちびと舐めながら言う。

「喧嘩《けんか》もよくしたな。ほら、俺の鼻って曲がってるじゃん？」

鼻先をちょんちょんとつつくので、頷く。

「これはあの当時地元で一番タチが悪い奴に喧嘩売って、負けた痕《あと》」

「ええ、何それ」

「噂だけで大したことねえんじゃねえのって思ってたんだけど、ヤバかった。ひとの壊し方が分かってる奴しかできねえような殴り方しかしねえんだ。殺されるかもって本気で思ったね、あのとき」

小さな傷を繰り返し押し広げて取り返しのつかない大きさにする。そんなやり方で鼻の骨が複雑に砕けてしまったのだと、宇崎くんは顔の中心のカーブをつるりと撫でた。

学生のトラブルにしては、タチが悪すぎる。そこまでいけば喧嘩なんてものではなく、犯罪じゃないか。酷い、と憤《いきどお》りの声を上げる私を横目に彼は続ける。

「俺を助けてくれたのがそいつの彼女でさ。でも、俺が受けるはずだった拳《こぶし》を彼女の顔が受け止めることになってしまって、悪いことしたなって思う。後から人伝《ひとづ》てに聞いたら前歯が何本か折れる大怪我《けが》だったたって」

「ええ⁉ 何それ最低……っ。その彼女、もちろんそんなクズ男とは別れたんでしょ？」

女の子に手を上げるなんて、男としてありえない。宇崎くんは曖昧に頷く。

「あいつ、気付いたら町からいなくなってたんだよな。でも彼女の方は、俺が町を出るときにはまだいた。だから、別れたんじゃないかと思う」

「それって、彼女が捨てられたってこと？　別れて正解だけど、それもなんだか納得いかない。その男には絶対バチが当たると思う」

バチって、と宇崎くんが笑う。それなら俺のこの鼻もそれだよな。

「俺だってそれまでずっと暴力で全部済ませてきたわけで、そのツケを支払ったんだって思ってる。でもあの子は何ひとつ悪いことしてないんだよな。あの子には、申し訳ないことをした」

十年以上前の話とはいえ、顔の形を変えてしまうほどの暴力を受けたことを宇崎くんは何でもないように言う。どちらかというと別れることになったであろう女の子の方を心配しているようにも見えた。何だか私ひとりが怒っても見当違いな気がしてきて、半分以上残っている缶を無理やりに開け、二本目のプルタブを引く。

「私の町にも多少やんちゃな子はいたけど、宇崎くんの話を聞いた後に思い返すと、かわいらしいものだったんだね。この辺りは、荒れてたんだね」

宇崎くんの住んでいるここは規模の大きい市だ。高速道路のインターもあるし、新幹線の停まる駅もある。学生のころは来ることすらなかったので、いくら同い年といっても知らないことばかりだ。

「いや、俺こっちの人間じゃないよ？」

宇崎くんが口にしたのは聞いたことがない地名で、訊《き》けば北関東にある小さな町だという。ここからはこのダンプに乗って行っても優に数時間はかかってしまうらしいから、随分遠い場所にある。

「へえ、そうだったんだ」

自分が子どものころから一度も生まれ育った町を出たことがなかったものだから、宇崎くんもきっとそうだと無意識に思い込んでいた。

「じゃあ、就職がきっかけでこっちに越してきたの？」

「そうではあるけど、多分唯が考えてるのと少し違う。俺、高校卒業してすぐに町を出てさ、そこからずっと職を転々としながら移動してるんだよな」

例えばそうだなあ、といくつかの地名を宇崎くんが言うが、それはここから近かったり、九州のはずれであったりした。彼は、トラック運転手という業種の中で、務める会社と土地だけを変えていっていたという。

「ここに来たのはどうしてだったかな……。ああ、去年のいまごろ、関西で中距離ドライバーやってるときに知り合ったオッサンから紹介されたんだ」

「どうして、そんなことしてるの？」

缶から口を離し、訊く。無意識に声が尖《とが》っていたことに気が付いたけれど、問うのをやめることはできなかった。

「そんなに頻繁に住む所を変えなきゃいけない理由があるの？　高校時代に何か——そのタチの悪かったっていうひとのせいでいられなくなったとか？」

「はは、別にあいつとはこの鼻の件以外、何もねえよ。しいて言えば、あの町嫌いだったんだよな。なんか居心地悪くてさ」

雨で視界が悪いから、宇崎くんの運転は普段よりももっと丁寧だ。濡れた道路をゆっくりと走る。宇崎くんは前を見ながら、少しだけ考えながら言う。

「いや……あー、違うな。ずっといると、なんか苦しくなるんだ。しばらく同じところに住んでると、無性に離れたくなるときがくる」

「はなれたくなる」

「そ、離れたくなる。ここにいたくねえ。早く離れて居心地のいいところ捜さなきゃって考えが溢《あふ》れて、そわそわしてどうしようもなくなる」

困ったもんだよな。宇崎くんは愉快そうに、あっけらかんと言った。

「もしかしたら俺は、本当はいまも椅子に座れていないのかもしれねえ……って、うわ！　唯、ビール零《こぼ》してる。服！」

大きな宇崎くんの声と共に、缶を奪われる。のろりと膝元を見れば、デニムに大きなシミができていた。こんなに冷たいものを零していたことにも気付かないでいたらしい。

「ほらタオル！　早く拭《ふ》け」

「あ。ありがとう」

放られたタオルで言われるままに膝を拭く。少しだけ手が震えていた。

「何してんだよー、もう。平気？」

「……私、宇崎くんと同じようなひと知ってる。ひとつの場所で生きていけないひと、知ってるよ」

「は？」

信号が変わったのだろう、緩やかに停車するのが分かった。だけど私は、濡れた膝から視線を上げることができない。

「唯、どうしたんだよ」

ぽん、と頭に大きな手のひらが載ってびくりとする。慌てて顔を上げて、笑みを作った。

「あ、いや、何でもない。ごめん」

「ごめんじゃねえでしょうや。いきなり泣き出しそうな顔してさあ」

宇崎くんが眉間《みけん》に深く皺を刻む。私を心配してくれているのだろうけど、見ようによっては怒っているように見えてしまう。優しくて、損なひとだなあと思う。

「やー、なんか、ちょっとトラウマっていうかそんなのを直撃されたって感じで」

はは、と笑ってみようとするけれど、できない。自分の顔が引きつってるのが分かる。

「なんだよ、トラウマって」

信号が変わる。宇崎くんは前を向き、もう一度同じ問いを口にした。

「……おとうさん」

短く口にする。久しぶりに舌にのせた呼び名。

「私の父ね、宇崎くんと同じようなことを言っていなくなっちゃったんだよね。私がまだ小さなころに」

「へえ、マジか」

宇崎くんの顔が歪む。ダンプは大きな通りを走っている。どこへ向かうんだろう。

「私が歩けるようになったあたりからふらっと出て行くようになって。最初は半日くらいで、それがだんだん、一日、三日、一週間っていうふうに長くなっていったらしいの。母がどうしてそんなことするのって訊いたら、離れたくなる衝動をどうしようもできないんだって答えたんだって」

幼子がいる家の主が、ふらりと何度も消えてはなかなか帰ってこない。会社もクビになり、貯金も底をつき、それでも父は衝動とやらを抑えることができない。毎回申し訳なさそうに帰って来て、もうしないからと言ってもまたいなくなる。その当時の母はいつも泣いていた。どうして置いて行けるの、そう言って泣いていた。

「とうとう母は、私を連れて実家に帰ったのね。そして父に、もうこれからは帰ってこなくていいって言った。父はその言葉通りに、いなくなった」

父と別れた日のことは、はっきりと覚えている。思い出作りだったのだろうか、三人で水族館に行った。イルカのショーやたくさんの水槽を、仲睦《なかむつ》まじい理想の家族のような顔をして眺めて回った。銀色の流星群のような魚群やゆうらりと漂うクラゲ、ぞっとする容姿の深海魚などを思い出せば、両手の包まれるような温《ぬく》もりまで蘇《よみがえ》る。そして水族館の入り口の、ペンギンの看板の前で、私たちは別れた。夕闇《ゆうやみ》に溶け込んでいく父は私たちを振り返り見ることはなかったし、母もまた、何かを断ち切るように背中を向けた。私だけが、離れていく両親の姿を交互に見つめた。

「で？　父ちゃんはそれから行方不明か」

「死んじゃった」

小学校に上がる二ヶ月前に、父の死の知らせが警察からもたらされた。四国のどこだったかで、仕事中に心臓発作が起きてあっけなく死んだらしい。

「長距離トラックの運転手をやってて、高速道路のサービスエリアで仮眠中だったんだって。運転中じゃなかったことが、不幸中の幸いで」

「へ、え」

両親は籍を抜いていなくて、妻である母のもとに連絡が来た。

「父の両親――私の父方の祖父母はとっくに他界してて兄弟もいなかったんだって。

だから父の死後の始末をするのは、母しかいなかったのね。ふたりで父を迎えに四国まで行ったの」

水族館での記憶はあるのに、そのときのことはぼんやりとしていてあまり覚えていない。私は父の亡骸《なきがら》と対面だってしているはずなのに、どんな様子だったのかこれっぽちも思い出せないのだ。ただ、煩《わずら》わしいことをいくつか母の横でやり過ごし、気付いたら小さくなって壺《つぼ》に納まった父とそれを抱く母と、電車に揺られていた。

あれは四国のどこかだったのだろうか、それとも私の住むあの町の近く——もしかしたらこの市の周辺だったのかもしれない。車内には私たち以外誰もいなくて、カタンカタンと車体がレールを走る音だけが静かに響いていた。暖房が利《き》いていてとても暖かく、ほっぺたの辺りが熱いくらいだった。次はなんとか海岸というアナウンスが聞こえたとき、深く腰掛けていた母がふらっと立ち上がって『唯子ちゃん、降りるわよ』と言った。

馴《な》れない長旅で疲れ切っていた私は少しまどろんでいて、目をこすりながら車窓の向こうを見た。炎が揺らめいているのではないかと怖くなるほど、鮮やかな夕焼けが広がっていた。

電車が駅のホームに滑り込み、ドアが開く。母はそれまで抱えていた父の入った包みをすっと座席に置き、私の手を取った。そしてそのまま、父を置いて電車を降りた。

「それって……遺骨を、わざと捨てたってことか？」

問いに頷いて答えた。燃え盛る炎のような夕日に飛び込んでゆくように走り去る電車。父は小石のように小さく儚《はかな》くなってしまったのに、尚《なお》も焼かれに行く。誰も、それを助けてくれない。

ああ、おとうさんは地獄に行くんだ、幼心にそう思った。

――共生できないひとには、これでいいのよ。

ひとところに居られずに移動を繰りかえしていた父への、最大の罰だったのだろう。母を苦しめた父は、母に地獄に送られた。

「はは、なんかすげえね、唯の母ちゃん」

ぶるっと宇崎くんが身震いする。

「だから、宇崎くんの言葉で父のことが蘇って」

「なるほど、なるほどな」

何度も頷きながら、宇崎くんがハンドルの上で一度だけぴったりと、両手を揃《そろ》えた。

走っていると道路標識が現れる。海岸通りと書かれた方角と逆にダンプは曲がり、辿《たど》り着いたのは紅葉の名所といわれる自然公園だった。しかし雨の散策を楽しめるような優しい雨でもなく、昨日まではきっと美しかったのだろう赤黄の葉はべったりと地面に張り付いていた。

ほとんど車のない駐車場の端っこに停まり、ふたりでおにぎりを齧った。窓ガラスに勢いよく雨粒が叩《たた》きつけられているのを見ながら、ツナマヨおにぎりを頰張る。宇崎くんは目をぎょろぎょろさせながら高菜おにぎりを食べていた。

「ねえ、宇崎くん。新しい町に移動するときって、どんな感じ？」

「んあ？　そうだな……、寂しい」

「寂しい？」

「ここも違うなー、って思うと寂しい。それに、ひとりきりで去るのもなんか虚《むな》しいんだよなあ」

ふうん、と短く答えておにぎりを齧る。

「あのね、宇崎く……」

「なあ、唯の携帯鳴ってねえ？」

宇崎くんが顎《あご》で私のバッグを示す。耳を澄ますと、確かに低いヴァイブレータの音がする。

「多分、何度か鳴ってる。確認してみ？」

「あ、うん」

バッグの底から携帯を取り出す間に、着信は切れた。見てみれば、母からの電話とメールの通知で埋め尽くされていた。

「なんで?」

一番上のメールを開いて、息を飲んだ。キィン、と耳鳴りがする。

『また行ったのね』

「唯、どうかした?」

「あ……その、母が……そう、うん、具合が悪くなったみたいで」

手が震える。気付かれてしまった、母に。でも、どうして。ちゃんと誤魔化してきたはずなのに。

『すぐに戻ってきなさい』

「帰って来て、って」

「うわ、大変だな。家まで送ってやるよ。唯の家どこなの」

「遠い、から。どこかのバス停まで連れて行って」

「気にしなくていいって。俺、今日は休みだしよ」

シートベルトを締め、すぐにも車を動かそうとする宇崎くんが「家どこ」と言う。

その間に、携帯が震えだす。また、母からのメールだ。

「唯、顔色悪くなってる。母ちゃん、そんな具合悪いのかよ。急いで送るから、ほら、住所言えって」

「じゃあ、駅に連れてって」

「あ、なんだ。家って、駅の近くなわけ?」

「私の住んでるとこまで、新幹線で二時間かかるから」

宇崎くんの目が見開かれる。二時間? 二時間って、唯、お前なんでそんな遠いところからわざわざ、ここに来てんの。なんで。

「いまはとりあえず、駅に送って」

携帯の電源を落として、バッグに押し込む。宇崎くんはちらちらと私を横目に見ながらも、黙ってダンプを動かす。駅に着くまで、私たちの間に会話は無かった。

「おとうさんに似た私も、離れたがりなの」

ダンプを降りるとき、何か言いたげだった宇崎くんに一言だけ残してドアを閉めた。

家に帰ると、母が飛び出してきた。私の顔を見て、全身でため息を吐く。

「唯子ちゃん。唯子ちゃん……よかった、帰ってきてくれたのね……」

母はそのまま力なくへたり込み、両手で顔を覆って泣いた。か細い泣き声が玄関先で響く。

「ごめん、なさい……」

「立野さんのところに泊るなんて嘘《うそ》を吐いて、会社まで休んで。ねえ、唯子ちゃん。そこまでして行きたいの？　お母さんも何もかも置いてまで、行きたくなるの？」

「ごめんなさい、もう、行かない……」

筋張った薄い背中が痙攣《けいれん》している。母の前に座り込み、宥《なだ》めるように撫でながら言った。

ここから離れてどこかへ行ってみたい。その衝動に駆られるようになったのは、いつからだっただろう。その思いに従って初めてふらりと町を出て行ったのは、高校二年生の夏休みだった。誰も私を知らない土地を歩き回るだけで呼吸が楽になった。靄《もや》が晴れたように世界が明るく見える。重たかった体がすっと軽くなって、どこまでも行ける気がして世界の果てを追うように歩き回った。帰らなくちゃいけないことに気が付いたときには日にちが変わっていて、血の気が引いた。想像以上に遠くまで来ていたせいで交通費が足りず、歩き疲れてぼろぼろになって帰ってきた私を見た母は、泣き崩れた。唯子ちゃん、どうしてあなた、お父さんと同じ顔してるの？　どうしてなんて、私が聞きたい。足元で泣く母を見下ろしながら、ぞっとした。

「私、もう行かないから。大丈夫だから」

背中を何度も撫でていると母が急に手を振り払う。その強さに息を飲むと、母は首を乱暴に振る。

「嘘。嘘ばっかり。あなたはきっとまた出て行くんでしょう。あのひとと同じ顔をして出て行くの。置いて行かれる私の悲しみなんて、気にもしないで！」

胸が痛む。父は嘘を吐こうとしてたんじゃなかったんだと、いまなら分かる。息をする場所を探さなければ生きていけない衝動を、抑えることができなかっただけだ。苦しんでいただけだ。

でも、父のその『辛さ』を母に伝えられない。父の心が分かる私を母は哀《かな》しめど、喜びはしない。私も父のようにいなくなるのではないかと苦しみを倍増させてしまうだけだ。

母が、私の左手首を摑《つか》む。その力の余りの強さにびくりとした。顔を上げ、唯子ちゃん、と私を呼ぶ母の目が真っ赤に染まっている。赤い瞳が、私を逃すまいと捉《とら》える。

「ねえ唯子ちゃん。結婚しなさい」

爪《つめ》が食い込む。その痛みから逃れようとすればするほど、爪は私の肉に深くささってゆく。皮膚が裂けるような痛みが走り顔を歪めるが、母の力が緩むことはない。

「立野さんと結婚して、赤ちゃんを産むの。あなたは女だから、母親になればきっとお父さんみたいなことにはならないわ。ねえ、だから早く結婚しなさい」

「お、お母さ……」

手首が痛い。息が苦しい。目の奥が熱を孕《はら》み、涙が滲《にじ》む。もうやめて。それ以上は言わないで。分かってるから。

「そうしないと、唯子ちゃんもひとりきりになっちゃうのよ」

ひとりきり。その言葉を潮に涙が溢れた。ゆっくりと頰を伝い、顎先で小さな雫《しずく》に変わる。床に落ちたそれはどうして赤くないのだろう。こんなにも苦しいのに。

「……分かってるよ。分かってる、おとうさんみたいにはならない」

だから、いつだって私は帰って来たでしょう？

腕に食いつく手を剝《は》がして、母を抱きしめた。

宇崎くんから連絡があったのはそれから十日くらい経《た》った夜のことで、彼からは初めてだった。

「明日ぐらい、こっち来ない？　この間は中途半端《はんぱ》に終わったから、ドライブ行こうぜ」

先日の別れ際の私の言葉には触れずに、宇崎くんは言う。

「どうしたの、急に」

「俺、次のところに行こうかと思ってさ」

彼はとてもあっさりと、ちょっとコンビニに寄るねというような気安さで言った。

「ここはごちゃごちゃして、なんだか住みにくかったんだ。そろそろ時期かもなーとか思ってて、そしたらタイミング良く次の仕事も決まって」

「どこに、行くの」

「ここから高速で一時間くらいのとこ。それでさ、唯」

「なあに」

電話の向こうでトン、と小さな音がして、それから、やっぱり会ったとき話すわと言って電話は切れた。

翌日私は、仕事に行くような顔をして家を出た。玄関を出ようとした私を見送る母の顔には濃い疑いの色があって、でもその疑いは間違いじゃないから胸が潰れそうな罪悪感を覚える。

「行ってきます」

「……ねえ、唯子ちゃん」

母が私の手を取る。母のひんやりした両手に包まれた私の左手首には、三日月型の傷が幾つもできている。

「なに、お母さん」

声が僅《わず》かに震える。私を真っ直《ます》ぐ見る母の瞳は幼いころのあのときと同じ光を宿していた。

「お母さんに、もう二度と、あのときのような真似《まね》をさせないでちょうだいね」

足元から崩れそうになるのを必死で堪えた。背中にひやりとしたものが伝う。きっと私もあのときと同じ顔をしているんだろうと思いながら、頷《うなず》いた。他者と生きていくことがただしい人間のありようなんだから道を外さないでね、母はそう言って、私を送り出した。

会社の専用バス停の前に一度は立とうとした私だったが、それでも通り過ぎてしまった。帰ってくれれば、いいのだ。そう言い聞かせながら、それからも幾つかのバス停を通り過ぎる。もう何人もの女たちが、水槽に向かうのを待っていた。平穏そうな彼女たちの顔を横目に見ながら、涙がじわりと滲む。私は彼女たちと何が違っているのだろう。どうして同じように穏やかに生きていけないのだろう。あそこにいなくてはと思うのに、離れていくことに安堵《あんど》している私の心はきっとどこかが壊れている。背中に彼女たちを感じながら、振り返ることはしなかった。

「――あれ。今日はトラックなの？」

約束の場所で待っていたら、宇崎くんは真砂土を運ぶいつもの土砂ダンプではなく、ウイングタイプの大型トラックに乗って現れた。

「へへ、かっこいいだろ」

運転席から私を見下ろした宇崎くんが、おもちゃを自慢する子どものようににやっと笑う。

「とりあえず乗れよ。いままでのより乗り心地いいし、ベッドスペースもあって広いんだぜ」

私を車内に招き入れた宇崎くんはひとつひとつ自慢ポイントを披露してから、トラックを動かし始めた。

「今日はいつもと違う仕事なの？　何を運んでるの？」

横顔を見ながら訊く。珍しく鼻歌を歌いながら運転している宇崎くんの服装は、普段と変わらない。

「今日は仕事はない。ていうか、前のところはもう辞めた」

「え、そうなの？　じゃあ、これは」

「この車が、次の俺の仕事道具になる予定。長距離トラックの仕事するんだ」

ポンポンと撫でるようにハンドルを叩く。

長距離トラック。そうだ。これこそが、私がずっと乗ってみたかったものだった。父が死ぬそのときまで乗っていたもの。

「主に九州に荷物を運ぶことになってる。帰りも荷を積んで、各地で降ろしながら、って感じかな。もしかしたら、四国にも行くかも」

「すごく離れちゃうね」

ぽとんと落とした言葉は、我ながらびっくりするくらい弱々しかった。

「まあな。てかさ、こっち入ってみろよ。結構広いんだぜー」

いつもは安全運転の宇崎くんが、運転中だと言うのに私をベッドスペースに追いやる。運転席と助手席の間から背後に滑り込んだ。

「カプセルホテルみたい」

布団《ふとん》が敷かれ、足元には掛布団が積まれている。皺《しわ》がよった柔らかそうなシーツの上に宇崎くん愛用の虎柄《とらがら》のファーベストが載っていた。枕元《まくらもと》にはタッチライトがあり、遮光カーテンもついている。閉めてみればなかなかに心地よい空間が生まれた。

「いいだろ、そこ」

カーテンを開けると、ついっと振り返った宇崎くんがへっへと笑う。しばらくそこにいていいぜ。目的地に着くまで。

「目的地？　今日は行き先があるの」

「まあな」

トラックは高速に乗り、走る。行先を教えてくれない宇崎くんは、これまで自分が住んでいた街の話をしてくれた。大根おろしで食べるお蕎麦《そば》が美味《おい》しかったとか、神輿《みこし》をぶつけ合うお祭りを見てとても興奮したとか、移動してきた回数が多いだけ話題が尽きなかった。

そうして着いたのは、テレビでもよく取り上げられる、大きなサービスエリアだった。広大な駐車場に、みっしりと車が詰まっている。しかし車はゲームの画面のように秒単位で入れ替わってゆく。腕の良いゲーマーがやっているパズルゲームのようだ。大型車用の駐車スペースが空き、宇崎くんが緩やかに滑り込む。

「ここが、目的地？」

「うん。本当は、夜の方がいいんだけど。ちょっと詰めて」

エンジンを切った宇崎くんは、私のいるベッドスペースにひょいと入り込んできた。横並びに座る。手足を伸ばせなくなったので私は膝《ひざ》を抱えるようにして座り、宇崎くんは胡坐《あぐら》をかいた。

「な、唯。ここから外見てみ」

言われるままに、太い指先の指す方向を見た。

三階建ての、展望台を抱えた建物の周りには多くのひとがいて、それぞれに動き回っていた。女性トイレの前には少しの行列ができていて、絶品みたらし団子という幟《のぼり》の立った簡易店舗の近くでは初老の女性三人が歩きながら団子を食べている。自動販売機コーナーの脇《わき》に設置された喫煙コーナーでは紺のライダースジャケットを着た若い男の子が煙を気忙《きぜわ》しそうに吐いている。彼はすぐに火を消し、どこかへ去って行った。

「何にも溜《た》まってないだろ」

短い宇崎くんの言葉に少し考えてから、頷いた。

ここでは溜まるものがない。空気も、ひとも。

「ああ。『淵《ふち》』みたいね」

昔に、授業で習った。水の流れの急な『瀬』と、ゆっくりと流れる『淵』。水流が僅かに留まるそこで、魚たちは休息を取るのだ。

独り言のような私の呟《つぶや》きに、宇崎くんがそう、そうなんだ、と嬉《うれ》しそうに言った。唯なら分かるんじゃないかと思ったんだ。

どれくらい、ふたりで外を見つめていたのだろう。宇崎くんが口を開いた。

「昔さあ、一度だけ、知り合いの長距離トラックに同乗したことあるんだわ」

「へえ」

目の前の流れを眺めながら言う。宇崎くんもまた、同じように車窓の向こうに視線を投げたまま続けた。

いまよりも少し寒かったな。雪が降るような時期だった。新潟の、どこだったかな。夜中の二時ごろ、サービスエリアで休憩取ることになったんだ。仮眠してたらすげえしょんべん行きたくなって、トイレに行ったんだけど。そしたら自動販売機の前で、あいつらを見たんだよ。

あいつらって、誰？

俺の鼻を殴った奴と、その彼女。ふたりで湯気たてたカップラーメン食いながら、笑ってたんだ。

え？　ふたりは別れたんじゃなかったの？　しかもどうして新潟なんかに。

いまごろどうしてってかなーって考えてたから、だからだと思う。そうじゃなけりゃ、寝ぼけてたんだろうな。でもさ、そのとき俺、すげえ嬉しかったんだ。

宇崎くんに顔を向ける。懐《なつ》かしそうに細められた目はとても優しかった。

「あの子がさ、めちゃくちゃ幸せそうに見えて、嬉しかった」

「……もしかしてその女の子のこと、好きだった？」

「うん」

てらいもなく素直に頷き、へへー、と笑う宇崎くんの笑顔は普段より幼く見えた。

自動販売機のコーナーに目を向ければ確かにカップ麺《めん》の自動販売機があって、私は想像上のカップルをそこに置いてみる。機械の明かりに照らされた男女が温もりを分かち合うのを眺めている宇崎くん。嬉しそうに笑ってトラックに戻る宇崎くんはもう一度振り返って、笑う。よかったな、なんて小さく呟いて。

「何だかいいね。そういうの」

すごくいい。そう言うと、照れたように鼻先を掻《か》いた宇崎くんが喋《しゃべ》り出す。こないだ唯の父ちゃんの話を聞いたときにそのことを思いだして、それからずっと考えてた。俺が生きていけるのはここなのかもしれないって。何も残らない、淀《よど》んでいないここで息を吐いて、大事なものの幻を見てちょっと幸せになる。それが一番、生きやすいんじゃねえかなって。

大事なものの、幻。そんなものが、果たして見られるものだろうか。バカなと思いながらもふと考える。例えば私が見ることができたとしたら、現れるものは何だろう。

私が見たいものは、何？

一瞬浮かんだのは、家族連れだった。父母と、幼い女の子の三人家族。

「……私も、見られるかなあ。幻」

「見られる」

私の声をすぐさま拾って答える宇崎くんを軽く睨《にら》みつける。

「もう、考えもなく言ってるでしょう。それとも、言い切れる根拠があるの？」

「ある。俺は、唯なら見られるって思ってる」

「どうして？」

自信ありげに言う彼に首を傾《かし》げると、八重歯を見せて笑う。

「唯は空気とか、ひとが動かないのが無理なんだろう？　ひとところにいると、積み重なった濁りみたいなもんを感じて苦しくなる。身動きが取れなくなる。俺はトラックに乗って、唯は新幹線に乗って、息が吐ける場所を探して生きてる」

思わず、息が止まった。何を、言っているの。だって私、そこまで言ってない。

「俺と一緒だから、分かるさ」

大きな手が、私の頭を撫《な》でる。しんどいよな。俺もそうだから、よく分かる。みんな上手《うま》いこと生きてるのに、どうしてこんな思いするんだろうな。

「何、それ」

感情が高ぶって、目の周りが熱を持つ。視界が潤《うる》み、彼の歪んだ鼻が霞んだ。

あの町から遠ざかれば遠ざかるほど楽になれるんじゃないか、と足を動かす自分が辛《つら》かった。あの父が選んだものの中なら、私も息ができるのではないかと大型車を眺めて回り、そしてこれは正しいことなのかと自問した。誰にも理解してもらえなかったものを、どうしてこのひとが。

静かに震えて涙をこぼす私の頭を、宇崎くんはずっと撫でてくれた。そうして、ふっと手が離れたかと思えば、私の目の前にすっと両手を並べた。大きな手のひらの向こうで声がする。

「……なあ、唯。俺と一緒に行かねえ？」

「え？」

驚いて問うと、手のひらの向こうから顔が現れる。

「俺は、唯と行きたい」

初めて見る表情を浮かべていることにびくりとすると、それがぐいと近づいてきた。

あ、と思った次の瞬間には、唇を重ねていた。

唯と、行きたい。

私が宇崎くんと、行く？

ふっと唇が離れる。驚きすぎて目を大きく見開いた私の、とても近いところに宇崎くんの顔がある。鼻の歪みの起点までも分かりそうなくらいだ。

俺と一緒に行こう、唯。このトラックに乗って、移動して暮らすんだ。お互いが息ができる場所を探そう。サービスエリアを転々とするのも楽しいかもな。ここをもっと便利に、移動リビングみたいにしてさ。面白そうな場所を見つけたら住んでみてもいい。もし唯がしんどいって言ったら、すぐ移動してやる。好きなところに行こう。北でも、南でも。

宇崎くんの言葉に耳から心地よくなり、頭がくらくらする。それはなんて、幸福な絵だろう。このトラックに乗って、呼吸が楽な場所を転々とする。見られるかもしれない幻に時折幸福を分けてもらい、生きていく。ずっと抱えてきた苦しみから解き放たれて、憂《うれ》うことは何もなくなる。

どこでも行けるの？　苦しくないの？　宇崎くんの目を見ながら問う。

「ああ、どこでも連れて行く。唯の行きたいところ、どこでも」

ああ。それは、いつだったか誰かにも言われたなと思う。あのときはこんなに心は震えなかったのに、不思議だ。武骨な指が強く頬を擦《こす》り、私はまだ涙が止まらないでいたことを知る。目も頬も熱くなっていた。

「私、行く。行きたい」

言葉にすると心臓が弾《はじ》けそうなくらい高まった。宇崎くんが私を強く抱きしめてくる。余りの力の強さに一瞬息が止まりそうになった。げほっと噎《む》せると慌《あわ》てて私を解放した宇崎くんがごめんと焦《あせ》ったように言う。加減が分かんなくってつい、と言いながら狼狽《うろた》えている顔を見て、笑った。くすくすと泣き笑う私を見て、宇崎くんも笑う。心がふわふわと軽くなっている。こんな風に、苦しみから逃れられる日が来るなんて、想像もしていなかった。夢だと言われたらそうだろうなと思うくらい、ありえなかった。緩やかな笑いが静かに収まると、宇崎くんが顔つきを改めた。私を見ながら片手でカーテンを引くと、周囲はあっという間に薄闇が広がる。朝靄の中のような柔い光がやわやわと漏れている。このカーテンが再び開かれたとき、私の世界を覆《おお》っていた靄は消え、新しい世界が開けているのかもしれない。宇崎くんの手のひらが、私の濡《ぬ》れた頬を包むように触れる。その手はとても大きくて温かかった。ぎょろっとした目がぐっと細められて、優しい皺が寄ったと思えば啄《ついば》むようにキスされた。

「俺さ、すげえ嬉しい。俺さ、自分と同じようなひとに会ったのは、初めてなんだ」

「私も。私も」

「唯は、幻じゃねえもんな。ちゃんと出会えて、これからも一緒に居られる。嬉しい以外の言葉が出てこねえくらい、とにかく嬉しい」

「うん、私も」

私も嬉しい。キスを覚えたての思春期の子どものように、がむしゃらに唇を重ねた。だけど。

「このトラックの中で生きていこう。ふたりで」

私の下唇を甘く噛《か》みながら彼が囁《ささや》いた瞬間、体が強張《こわば》った。どうしてかは、分からなかった。でも、横っ面《つら》を張り飛ばされたような衝撃があった。

気のせいだと思ったけれどやはり真実で、明かすように私の体から熱が失われていった。ああ、立野さんのときとおんなじだと、冷えていく頭で思う。そして彼のひとの好《よ》い笑顔が蘇ると同時に、色んなことが溢れてくる。

——共生できないひとには、これでいいのよ。

ああ、お母さん。そう言う意味だったのね？

「どうしたの、唯」

異変に気付いたのだろう、宇崎くんが訊く。少し不思議そうな顔を見ると、胸がぎゅうと握りつぶされるような痛みが走った。それでも私は、口を開いた。

「……行かない」

「は？」

「……ごめん。ごめんなさい。私は、行けないの。私は今日、帰るって言って出てきたのを思いだしたの」

宇崎くんの顔をまともに見ることができない。行きたい、その思いは確かにあるのに、行けない。違う、私は行ってはいけない。

「行かないの？　俺と」

温度の下がった宇崎くんの言葉に力なく頷く。さっきまでとは違う涙が溢れそうになるのを必死で堪《こら》えた。ここで泣くのは、狡《ずる》い気がした。

「私は、おとうさんみたいになりたくないの。だからいつだって、家に帰った」

このままどこかへ行ってしまおうかと思ったとき、遠ざかって行く電車の姿が蘇った。炎の中に運ばれていく、父の大きな棺《ひつぎ》。どれだけ遠くに行っても、あんなことになるくらいなら戻らなければと思えた。あんな風になっちゃいけない。

「楽な場所を求めて彷徨《さまよ》うことよりも、あの町での呼吸の仕方を覚えなきゃいけない。ひとところで生きれるようになりたい、そう思ってたのを思いだした」

左手首を撫で擦《さす》る。母の付けた爪痕《つめあと》が疼《うず》きはじめた。私は母に、こんなことをさせたいんじゃない。私は置いて行かれる哀しみも、ちゃんと知っている。

「楽になる方法を探してた。でもそれはおとうさんと同じやり方じゃ、ないの」

宇崎くんを見る。それを受け止めるように私を真っ直ぐに見返してくる宇崎くんの瞳《ひとみ》が、一度だけぎゅっと閉じられた。それからすぐに目を開けた彼は私から少しだけ体を離した。

「わかった」

ごめんなさい、小さく洩《も》らした私に、お前は正しいよと宇崎くんは言った。

帰り道の会話はほとんどなかった。

もうこんな景色を見ることはないだろうし、この街に来ることもきっとないだろう。流れ去っていくものを眺めているうちに、駅が近づいてきた。宇崎くんとも、きっともうこれが最後だ、と思う。と、宇崎くんが私を呼ぶ。

「なあ、唯。生きていける方法、教えてやろうか」

驚いて彼を見ると、宇崎くんは真っ直ぐ前を見たまま同じことを繰り返した。

「宇崎くんが、知ってるの？」

「うん、知ってる」

路肩に、トラックが緩やかに停まる。私に向き合った宇崎くんが、両手を綺麗《きれい》に揃えて突き付けた。私の目の前には、手のひらがきちんと並んでいる。

「重ねてみ」

「こう？」

私の手をすっぽり覆ってしまうくらい大きなそれに自身の手を重ねる。

「どこかに行きたいって衝動が起きたら、落ち着くまで深呼吸する。何回でも。この手のひらを、唯のしるしにしろ」

「宇崎くんの手が、私のしるしになるの？」

「うん、だからこれちゃんと覚えとけよ。ずっと繰り返したら、大丈夫。俺が証明済み」

「はは、そうだね」

重ねた手越しに、宇崎くんを見る。

「頑張れ、な。唯」

「うん」

ああ、緩やかなカーブのこの鼻を、一度くらいちゃんと触っておけばよかった。

「私ね、最初は宇崎くんのことすごく怖かったけど、いまは可愛《かわい》いなあって思う」

「俺は最初から可愛い子だと思ったよ」

「だからナンパしたの？」

「声をかけただけだっつの。あとはあれだ、サブレがあんまり旨《うま》そうだったから」

「ふふ、そっか。じゃあ、行くね」

「おう」

視界に焼き付けるように、重なった手をじっと見て、そして、離した。

「さよなら」

トラックから降りて、空を仰ぐ。日が落ちかけ、空がオレンジ色に染まっている。その鮮やかさは、幼かったあの日と全く同じだ。大きな炎が沈んでいくような激しい色をした夕日が街並みをあまねく照らす。

その炎を背にして勢いよく走りだすトラック。大きなトラックは海に出て行く鯨が

走り出しそうな音を残して、去って行く。私は置いていかれたのだろうか。置いていったのだろうか。分からない。

あっという間に小さくなったその姿が消え去る瞬間、足を一歩踏み出していた。走りだしそうになるのをぐっと堪える。目を凝らしたそこに、ふっとふたつの手のひらが見えた。私よりも一回り大きな筋張った手のひらが宙に浮いている。思わずびくりとし、何度も瞬《まばた》きをして確認する。それからゆっくりと、自身の手を重ねた。深呼吸を繰り返し、すっと心が凪《な》いだ瞬間、消えて行く手のひらの向こうに曲がった鼻が見えた。

「はは、私のしるしには変なのがくっついてるや……」

くすくすと、体を折って笑う。しかしそれもすぐに消え失《う》せ、代わりにアスファルトに雫が落ちた。

ねえ、誰か教えてください。場所だけじゃなかったんです。私は群《むれ》も、無理なのです。たったふたりきりの群すら、構築することが苦しいのです。ねえ、私は、どこが壊れているのでしょうか。群の中で生きていきたいと、はぐれたくないと思っているくせにどうして、それができないのでしょうか。こんなにも、望んでいるのに。

――共生できないひとには、これでいいのよ。

母の言葉が蘇ったとき、分かった。ああ、父も私と同じで、群にすらいられなかったのだと。だから母は、父と同じ気性を受け継いでいるかもしれない娘に見せつけたのだ。その末路を。

声を殺して泣いていると、携帯が震えた。その小さなヴァイブに少しだけ我に返り、バッグから取り出す。メールが一件だけ届いていて、それは宇崎くんだった。

『いつかどこかのサービスエリアで会えたら嬉しい』

それは、偶然にということ？　それとも真夜中のことだろうか。涙を拭《ふ》きながら考えているとまた、メールが届く。

『誰でもいい、誰かの横で笑顔で暮らせている唯に』

ああどうしてなの。どうしてこのひとはこんなにも私のことを分かって。ねえ、なのに、どうして私は。

叫び出しそうになるのをぐっと堪えて、トラックの消えた方角を見る。呼び出そうとする間もなく浮かんだ両手に、乱暴に自身の手を重ねる。そうして何度も深呼吸している私の横を、若い女の子が不思議そうに追い抜いて行った。

「……誰でもって、それでいいの」

ぽつりと声に出して、小さく笑う。分かってる、それでいいよって笑うことくらい。

それくらいのことは、私にも分かる。そういうひとだ、彼は。

それからゆっくりと、返信を打った。

『きっと会えるよ』

どんな形かは分からない。でも、会いたい。私も。じゃなきゃ、『しるし』を教えてもらった意味がないもの。

携帯が震え、見てみればそれは宇崎くんではなく立野さんだった。急に会社を休んだ私の体調を心配している内容だった。

『ごめんなさい。明日は、ちゃんと行くね。これからは、休まないように頑張ろうと思う』

返信をして、携帯をバッグに押し込める。

私はあなたのくれた『しるし』で生きてみる。いつかきっと、水槽の中で、群の中で笑えると信じて。

海になる

今日は私の誕生日で、とてもいいお天気の日曜日だから、死ぬにはぴったりの日だなと思った。

朝起きてカーテンを引くと眩《まばゆ》いほどの光が差し込んできて、蟬《せみ》が大合唱をしていた。遠くの公園からは子どもたちの無邪気な笑い声が聞こえてくる。どこからかギターの音色と小鳥の鳴き声がする。部屋にいるだけで様々な生き物の営みが感じられて、私は目を閉じてしばし立ち尽くした。いつにしようかと考えていた、この世から去る日。それはきっと今日をおいて他にあるまい。私は今日、死のう。なに、不安に思うことはない。明日の朝この窓辺に立つ女がこの世から消え失《う》せていても、世界は豊かに回っているのだから。

心が満たされた後、振り返って室内に視線を戻す。床には割れたグラスの破片が散乱し、赤ワインが血飛沫《ちしぶき》のように飛び散っている。ブラウン管テレビにはポテトサラダがべっとりと張り付き、本革のソファにも本や土を零《こぼ》した植木鉢が転がっている。キッチンの隅には私がさっきまで丸まって眠っていたタオルケットがあって、それにはビーフカツの残骸《ざんがい》がくっついていた。なんて酷《ひど》い状態だろうと思わず笑いが込みあげて、と同時にびりりと口の中が痛んで顔が歪《ゆが》む。昨晩殴られたときに、口の中を切ったのかもしれない。

夫の怒りのスイッチが分からなくなって、もうどれくらい経《た》つだろう。私が殴られることがそれのような気がしているけど、その前に彼の拳《こぶし》が私に向かうためのスイッチがあるわけで、そんなのは尚更《なおさら》分からない。私という存在自体が、スイッチなのかもしれない。

とても幸せな結婚をしたと思っていたのに、うまくいかなくなったのは子どもを死産してからだ。結婚してから三年、三度の流産を経てやっと育った子どもだった。臨月まであと少しというところで、前日まで痛いくらいにおなかを蹴《け》っていた子どもが、急に動かなくなった。当たり前の出産のように苦しんだ末産み落としたのは男の子だった。彼はとてもかわいらしい顔をしていて、ふわふわ柔らかくて、でもぴくりとも動かなかった。事実を受け入れられなくて分娩台《ぶんべんだい》で叫んだあのとき、もう少しだけ理性を手放すことができたら発狂できていたと思う。火葬した我が子は骨が儚《はかな》すぎて満足に拾い上げられなくて、遺灰を泣きながら掻《か》き集めた。それでも、子ども用の小さな骨壺《こつつぼ》の半分にも、満たなかった。仄《ほの》かに温かな骨壺を抱き、もう二度と増えぬ重さを思って泣くしかなかった。

子どもを心待ちにしていたのは、夫も同じだった。妊娠中は私を気遣ってくれ、とても優しく労《いた》わってくれた。失望した夫は、私こそが子殺しの元凶であると責めた。四度も子が死ぬなんて、お前の腹は欠陥品だ。よくも、俺の子を殺したな。彼はひとが変わったかのように私を罵《ののし》り、怒鳴りつけ、拳を振るうようになった。

夫は昨晩夕食前に突然私を殴って引きずり回し、食器を叩《たた》き割り、それに疲れたら家を出て行った。きっと愛人のところに行ったのだろう。我が子を喪《うしな》った理不尽さに対してマグマのように湧《わ》く怒りを私にぶつけ、溶けることのない氷のような哀《かな》しみを愛人に抱いてもらって、夫はどうにか生きている。逃れようのない現実に向かえないだけだとは分かる。でも私にも限界はある。あと少しで迎える三回忌の法要を済ませるまではと思っていたけど、もう持ちこたえられそうにない。生きている間に抱くことのできなかった子も、母親が自分を追いかけて来たことを喜びはすれど、責めはしないだろう。

ふと気が付けばオフホワイトの壁に染《し》みついたワインの滲《にじ》みを擦り落としていて、

手を止めた。慌《あわ》てて振り返ると、ガラス片ひとつ落ちていない、いつもの居間がある。無意識に片づけていたのだ。これから死ぬというのに、何をやっているんだろう。くすくすと笑って、雑巾《ぞうきん》をダイニングテーブルに放った。

小さな仏壇に最後の仏飯《ぶっぱん》とお茶を供え、お母さんはそろそろそちらに行くのでみんな待っていてくださいねと語りかける。それから出かける準備を始めた。みっともない死に姿は恥ずかしいのできちんと化粧をして——左の口端に大きな青痣《あおあざ》ができていたので隠すのに苦労した——、お気に入りのサマーニットのワンピースを着た。姉がくれたつばの広い帽子を被《かぶ》り、夫に下品だから履くなと言われたハイヒールを出した。もういつ振りか分からないくらい、心が弾む。待ちに待ったピクニックに向かうような気持ちになる。

「それでは、さようなら」

陽光の差し込んでくる玄関先で、薄暗い室内に向かって大きく声を張って、ドアを閉めた。

すっかり忘れきっていた華やいだ気分で通りを歩く。すれ違うひとたちに笑みを浮かべて挨拶《あいさつ》をした。しかし私は、ほとほと運が悪いのかもしれない。家を出て三十分後、死に場所を求めて海行きのバスを待っているところで、あの男と再会してしまったのだ。

「あ」

ふたりの声が重なった。

引き締まった精悍《せいかん》そうな顔なのに、ぽかんと口を開けた男。体つきがよく分かる洗いざらしのカーキのTシャツと裾《すそ》のほつれたジーンズ姿で、どこか飄々《ひょうひょう》とした雰囲気を醸《かも》している。そして、だらしなく伸ばした長い髪。

こんな偶然があるだろうか。普段はどこを歩いても出会わなかったのに、どうしてこんなときにだけ、このひとに会う？

「あんたは」

バリトンが、心の底から驚いたように響く。その声が、この男との過去をまざまざと蘇《よみがえ》らせる。ああ、このひとはどこまで私と関われば気が済むの。

夏の日差しのせいだけでなく、目の前が真っ白に霞《かす》んで見えた。

男とは、私の人生が落ちるときに必ず出会うようだ。

一度目、男の存在を知ったきっかけは夫の「何だみっともない」という呟《つぶや》きからだった。

「ああ、ごめんなさい。待ち時間が手持無沙汰《ぶさた》なものだからつい」

大学病院の産婦人科の待ち時間は、とても長い。定期検診を受けに来れば半日は優に潰《つぶ》してしまうので、その日は編み物の道具を持って来ていた。生まれてくる子どもの為《ため》におくるみを編んでいる最中だったのだ。性別が分からないので、どちらでも使えるように明るいクリームイエローの毛糸で編んでいるおくるみは、予定日までにはどうにかでき上がりそうだった。

こんなところですることではなかったかと慌てて道具を袋に詰めようとすると、夫の視線が私の背後に向いているのに気が付いた。振り返って視線の先を追えば、ガラス越しに中庭が広がっている。

「見てみろ、桜子《さくらこ》。男のくせにあんなに長い髪をしてる」

夫が指をさした先にあるベンチに、一人の男性が腰かけていた。紅葉し始めた木々の下でぼうっと空を仰いでいる彼の首元は、長い髪が覆《おお》っている。ああ、と呟く。

「一時的なものかと思ったけど、定着してきたわよね」

男性の長髪が流行し始めて、随分経つ。都会だけのことかと思っていたけれど、ここ最近ではこんな田舎町でもちらほらと見かけるようになった。

「俺はああいうのは嫌いだ。物の道理も分かってない若い者ならともかく、あいつは俺たちと大して変わらないだろう」

そんなところまで意識していなかった。夫に顎先《あごさき》で促され、目を凝らす。確かに大学生などではなく三十歳前後のように見える。彼の価値観は私たちよりリベラルなのだろうなという印象を受けた。

「服装もだらしがなくて何だか浮ついている。ああいう大人は、駄目だ」

夫が吐き捨てるように言う。中学校の教員をしている夫は生活指導の主任でもあり、生徒の服装の乱れには殊《こと》の外《ほか》心を砕いている。だからこそ、模範となるべき大人のありようを常に念頭に置いているのだ。そういう、職務以上のものを持っている夫を、私はとても尊敬していた。

「この子はきっと真《ま》っ直《す》ぐに育つわね。だってお父さんがこんなにも立派なひとなんだもの」

膨れたおなかを撫《な》でながら言うと、夫はゆったりと首を横に振る。

「俺は立派ではないよ。大人とは何か、と考えて生きているだけだ。これからはもっと、恥じない生き方をしなくちゃいけない。この子の見本にならなくちゃならないからな」

筋張った手のひらが膨らみを撫でると、それに応《こた》えるようにおなかがぽこんと鳴った。足で蹴ったのだと思う。幸せの痛みに私は微笑《ほほえ》み、夫は嬉《うれ》しそうに眉《まゆ》を下げた。

「桜子、この子は賢いんじゃないかな。もう、俺の言うことが分かってる気がしないか」

「ふふ、そうね。あなたに似て、とても賢い。この子が生まれるのが楽しみだわ」

とても幸せだと思ったとき、名前を呼ばれた。返事をして、椅子《いす》に預けていた体を持ち上げる。ゆっくりと歩を進めながら振り返ると、中庭の男はまだ空を見上げていた。

それから数日後、子どもは腹の中で死んだ。


二度目は、死産のあと一ヶ月が経とうかとしていたころだった。

子を産むために通っていた場所に、子を喪った後も通わないといけないというのは、拷問《ごうもん》だ。膨らんでゆく腹を撫で穏やかに過ごしていた時間が、悪夢に変わる。心地よかったぬるま湯が煮え湯に変わり、私を殺《あや》めようとする。息をするのさえ、辛《つら》かった。

皆が育《はぐく》み、産み落とせるものがどうして、私には許されない。

死産した子を弔《とむら》った後、夫は私から距離を置くように離れていった。それまでは仕事の予定をやりくりして通院に付き合ってくれたのに、死産後のケアには一度も同行してくれなかった。

彼も、傷ついている。その辛さはもちろん分かるけれど、やっぱり一緒にいて欲しかった。そして、もう子を望まないほうがいいと言われた今日のこの瞬間には、手を繋《つな》いでいて欲しかった。

呆然《ぼうぜん》と帰る道すがら、道端に座り込んで泣いた。銀杏《いちょう》並木の葉が、柔らかな雨のように私に降り注いで地を覆う。自然の織り上げた黄金の絨毯《じゅうたん》の上を親子三人で歩く日をあんなに楽しみにしていたのに、私はひとりだ。

失った子を恋しがっているのか乳房は硬く張り、熱を持っていた。ガーゼをあてていないと乳が下着から滲みでてくる。この体は子どもの為にこんなにも乳を作り続けているのに、もう駄目だなんて嘘《うそ》でしょう。理性で止められない獣じみた嗚咽《おえつ》が溢《あふ》れる。子が産めないなら、じゃあ私はどうして女に生まれて来たの。

大きな音がしたのは突然だった。ガラスが揺れるような音がして、次いで女性の金切り声がする。

「ちょいとあんた！　何やってんのさっ」

驚いて、涙で濡《ぬ》れた顔を上げて周囲を見渡すと、先にある煙草屋《たばこや》のショーケースの前で男性が座り込んでいた。中にいた老婆《ろうば》が体を乗り出して、怒鳴っている。

「昼間っから酔ってんだね？　やだやだ、飲むなら家でやんなよ」

「うるせぇクソババア！　いちいちでけえ声出すな！」

よろりと立ち上がって怒鳴り返す男性の迫力に、離れた場所にいる私が竦《すく》みあがった。あんな風に女性を――しかも老人を罵倒《ばとう》するような男性とは、関わったことがない。こんなひとがいるだなんて、なんて恐ろしい。しかし老婆は慣れているのか、平然と言い返す。

「うるせえってんなら、さっさとどっか行きな！　迷惑なんだよ、警察呼ぶよ」

老婆がカウンターの上のピンク電話に手を掛けると、男性は威嚇《いかく》するように大きく叫んで脇《わき》にあったポストを蹴った。受話器を持ち上げるのを見ると、クソ！　と言い捨てて、その場を離れる。男の、眉間《みけん》に深く皺《しわ》を刻んだ顔が真正面に見えて、はっとする。それは、夫がみっともないと言った、あの長髪の男だった。

相変わらず手入れのされていない風の長髪を乱暴に掻きむしり、男がふらふらと歩く。何気なく流した視線が、座り込んだままの私のそれとかち合った。思わずびくりとする。男は私に近づいてきて、目の前に座った。顔を赤く染めており、お酒の強い臭《にお》いがぷんと鼻を擽《くすぐ》る。

「こんな所にへたり込んで何してんの、あんた」

酔いのせいなのだろうか、深い黒の瞳《ひとみ》は濁っていた。ほの暗い沼を覗《のぞ》き込んでいるような空恐ろしさを覚える。離れないと、何をされるか分からない。首を横に振りながら後ずされば、男はその分だけ顔を近づけてきた。

「顔色がよくないな。ってことは、具合が悪いのか。あんたも、もしかして死ぬような病気持ちだったりするわけ？」

そう言って、男は何がおかしいのか急にゲラゲラと声を上げて笑った。その笑いはとても乾いていて気色が悪い。無理やり絞り出しているようで、背中がぞくりとした。逃げなくちゃと立ち上がろうとしたら、腕を摑《つか》まれた。ひっと小さく悲鳴が漏れて一瞬ぎゅっと目を閉じる。それからこわごわと男を見ると、さっきまでの歪《いびつ》な表情がこそげ落ちていた。瞳がゆらりと私を捉《とら》える。

「……ええと。あんた、喋《しゃべ》れる？　立てる？　症状言えたら言って。この先に大学病院あるから、連れて行ってやる」

どういうわけだか今度は、私のことを気遣っているらしい。しかし、こんな正体の知れない酔っ払いに心配されるわけにはいかない。

「お、お心遣い、ありがとうございます。でも、その病院の受診帰りなので大丈夫です。お気になさらず」

びっくりして止まっていた涙の残骸を拭《ふ》いて、慌てて立ち上がる。と同時にふっと体の力が抜けた。目の前が真っ暗になり、テレビの電源を落としたようにそのまま意識を失った。

目覚めたときには病院のベッドで点滴を受けていた。看護師が私の顔を覗き込み、倒れたのは覚えてる？と訊《き》く。

「悪露《おろ》が酷いから、貧血を起こしたのよ。無理しちゃダメよ」

曖昧《あいまい》に頷《うなず》きながら、空いた手で下腹部を撫でる。そういえば出血が未《いま》だに止まらないんだった。私の体は、ばらばらだ。子を喪った子宮はもうなにもいないのだと血を流し、それを認めたくない乳房は乳を作る。

「ご主人、来てくれてるわよ。せっかくいらしてるならって、先生がいまあなたの体のことを説明してくださってる。ご主人にも理解して頂かないといけないものね」

はあ、と答える。産科の処置室は子どもが来ることが多いからか、カラフルな飾りつけがされている。真っ白い天井には色とりどりの魚たちが海を泳いでいるイラストが描かれていた。夫婦のイルカが仲良く寄り添い、子どものイルカがそのまわりで笑っている。それをぼうっと眺めながら、夫はいま、私が死にも値すると感じた宣告をひとりで受けているのかと考えた。

「そういえば、私どうやってここに……？」

「そう、それそれ。あのひとはあなたの知り合いなの？　あなたと年の変わらない長髪の男がここまでおぶって来たんだけど」

看護師が顔を厳しくする。いえ、倒れそうになったときにいた通りがかりのひとだと思いますと言うと、途端にあからさまな不快を示した。

「酔っ払いの、最低の男なのよ！　あなたが怪我《けが》しなかったからよかったものの、フラフラして危なっかしいったらなかったわ。注意したら、いいからさっさと介抱してやれー！　ってバカみたいに怒鳴り散らすのよ。あれで人助けする気が起きたなんて、信じられない」

やはりあの男が、わざわざ私をここまで連れて来てくれたのか。気を失う前に見た、素面《しらふ》に戻ったような男の表情を思いだした。酔いを抜きにしても、暗い瞳をしていた。

「あの、あの男性はここの患者さんですか？　以前この病院内で見かけたんですけど」

「え、そうなの？　でも分からないわ。この病院は大きいから、さすがに全員の顔は把握できないもの」

誰か知ってる？　と看護師が周囲に問うも、みんな首を横に振る。

「分からないみたいね。ああ、点滴が終ったら、そのまま帰っていいからもう少しこうしていてね」

看護師はそう言い置いて、他の患者の方へ行ってしまった。

処置室を出ると、男がいた。私を認めるなり大股《おおまた》で近づいてくるので一瞬どきりとしたけれど、大丈夫だった？　と言うその様子はいたって冷静だった。肌は赤みが引いており、漂ってくるお酒の臭いは幾分ましになっている気がした。

「お、お世話を掛けました。貧血だったそうです。お手数をおかけして、本当にすみませんでした」

「そう、よかった」

無表情に近かった顔が少しだけ解《ほぐ》れる。その様子はとても穏やかだ。死ぬ病気なのかと言って壊れたように笑った人間と同一だとは、とても思えない。

「あの、失礼ですけどあなたはこの病院の患者……」

「桜子！」

私の問いを遮るようにして、夫の声がした。振り返ると、険しい顔をした夫がこちらに来るところだった。私と男を見比べて、彼は？　と短く訊く。

「あの、あなたからもお礼を言って。病院の帰りに倒れた私をここまで運び込んでくれたのがこの方なの」

手で示すと、夫の目がすうっと細められた。観察するようにぬるりと動いたあと、僅《わず》かに顎を引いて会釈《えしゃく》をした。

「それは、妻がお世話をかけて申し訳ありませんでした。さあ、行くぞ」

言うなり、夫は私の手を強く掴んで引きずるように歩き出した。

「あなた、あの、あの、待って」

「おい、待てよ」

躓《つまず》いて転びそうになりながら付いて行くと、背後で大きな声が響いた。足を止めた夫が振り返る。

「何か？」

「看護師の話をちらっと耳にしたんだけど、そのひと死んだ子ども産んでまだ日が浅いんだろ？」

男が顎で私を示しながら言う。頭のてっぺんから一気に、血の気が引いた。思わず夫の腕に縋《すが》る。こんなに無遠慮に言い放たれたのは、初めてだった。

硬直したように動かない夫に、男は続ける。

「もう少し労わってやんないと、後悔するよ。予後が悪くて、死ぬかもしれない」

顔が強張《こわば》るのを感じた。なんて酷いことを言うのだろう。このひとはきっと、精神がまともじゃない。

「……あなたは、失礼なことを言いますね。品性を疑う」

「失礼も何も、純然たる事実だろ。死なない、なんて誰にも言いきれない。こんなはずじゃなかったたって喚《わめ》き騒いだって遅い。後悔したって薬にもなりゃしねえ」

死んだら何もしてやれないんだからいまのうちにできることしてやれよ、と男は痙《けい》攣《れん》じみた嫌な笑い声を上げた。

これは呪《のろ》いの言葉だろうか。この男はまるで、私が死ぬと宣言しているみたいじゃないか。私を助けておいて、どうしてこんなことを言うの。

「あなたみたいな人間とは、これ以上関わりあいたくないですね。失礼」

汚物を見るように顔を歪めた夫は吐き捨てるように言って、踵《きびす》を返した。その勢いで腕を振りほどかれ、よろりとよろめく。私を振り返りもせずに先を大股で歩き出す夫を慌てて追った。その途中でちらりと背後を窺《うかが》うと、男は感情の欠けた顔でぼんやりと夫の背中を見ていた。

　まただ。この男の感情の波は私が知っているどれとも違っている。複雑にうねっているとしか思えない。その得体の知れなさに背中がぞくりとして、逃げ出すように足を速めた。

「あなた、待って。お願い、待って」

　建屋を出て駐車場に入っても夫には追い付かない。無言のまま歩く夫に、車の前でようやく追いついた。荒くなった呼吸を整えながら、あのひと酷いわと言った。

「あんな無神経なこと言うなんて酷い。一体何なのかしら」

　言い終わる前に、頭に衝撃を受けた。夫の手のひらが、私の頭に打ち落とされたのだ。ばちんという大きな音と痛みに、ただ驚いた。

「な、何」

「倒れたと聞いて早退して来てみれば、下種《げす》な男と話をしている。しかも助けられただと？　恥ずかしいと思わないのか！」

　私に初めて怒鳴り声を上げた夫は、恐ろしい顔をしていた。愚か者だと断罪しているような、そんな厳しい目が私を見据えている。心臓が握りつぶされるような恐怖を覚えた。

「あ、あの、気を失ってしまったから分からなくて。だから、その」

「あんな男に助けられるくらいなら自分でどうにかしろ。這《は》ってでも病院に行けばよかったんだ！」

夫が手を振りかぶり、また衝撃を受ける。その強さに思わずよろめいた。目の前がちかちかと揺れる。

「だいたい、ここは患者の情報管理もどうかしている。あんな男にどうして知られなきゃいけないんだ。後で責任を追及してやる」

夫がぎらぎらとした目で出てきた建屋を睨《にら》みつける。そしてその激しさのまま、私に視線を戻す。

「それもこれも、お前が……っ！」

また、叩かれる。目をぎゅっと閉じて身を竦ませる。しかし痛みは襲ってこなくて、おそるおそる目を開けると、夫は車に乗り込もうとしていた。

「早く乗れ」

「は、い……」

頭がまだじんじんしている。両手が勝手に震える。信じられないでいた。夫に手をあげられたのも、初めてのことだった。私はそんなにも悪いことをしてしまったのだろうか。のろのろと助手席に乗り込み、夫の横顔を窺う。ハンドルに体を預けた夫は窓の向こうをぼんやりと眺めたのち、のろりと唇を動かした。

「子ども、もう産めないんだってな。お前」

その呟きに感情はなく、瞳は私の方を見ることはない。泣くことも謝ることも許されない気がして、俯《うつむ》いた。

この日から、夫の暴力が始まった。あの男と関わらなければ、こんなことにはならなかったのかもしれない。あの男に助けられなければ、きっとこんなことには。初めて打ち下ろされた手のひらの衝撃を思い出すたびに、そんなことを考えた。


三度目に男と会ったのは、それから一年後の冬のことだ。

大きな牡丹《ぼたん》雪が世界を白く埋めていく、とても寒い真夜中に夫から追い出された。就寝前で少し厚めのネグリジェしか着ていなかったのに、夫は容赦なく私を外に追いやった。理由は、私が着けていた下着が派手だということだった。襟元から僅かに見えたレースでスイッチの入った夫は、何てみっともないものを着てるんだと激高し、私を殴り倒して下着を剝《は》ぎ取った。セールで安かったから少し装飾が多いのも気にせずに選んだだけのことだったのに、したたかに酔って判断を危うくした夫にはとても気に障《さわ》ったらしい。

「ごめんなさい。本当にごめんなさい」

大声をあげて騒ぎにしてしまえば、後からもっと酷い折檻《せっかん》を受けてしまう。ほとほとと玄関扉を叩いて謝ったけれど、夫は私を外に放り出したまま、眠ってしまったようだった。

雪はどんどん積もっていく。寒さは容赦なく体の熱を奪い、歯の根もあわなくなっていった。このままここにはいられない。助けを求めようと家から離れた。大通りまで出て、タクシーを拾おう。そうして、隣の県に嫁いだ姉の元まで行こう。姉ならばきっと、私を迎え入れてくれる。裸足《はだし》に履いたゴム製のサンダルを雪に埋めながら、少し離れた大通りに向かった。

しかし、深雪《しんせつ》のせいか車の姿はちらほらとしかなかった。タクシーは二台だけ通ったけれど、どちらも空車ではない。通りまでの辛抱だと必死に歩いてきた、僅かな希望が消える。失望した途端、感覚を失っていた足先に激痛が走った。膝《ひざ》が急にがくがくと震えだし、立っていることも難しい。呼吸が短くなる。

雪は、止《や》む気配がない。夜空を仰ぐと、果ての見えない真《ま》っ暗闇《くらやみ》から白い花びらのような雪片が那由多《なゆた》に舞い落ちて来る。絶えることのないそれを見ていると、自分が深い暗闇に飲み込まれていくような錯覚を覚えた。立っているのに、深く沈み込む。私は白と黒に覆い尽くされて、やがて消えゆく。

がくんと脳が揺れてはっとする。無意識に膝をついていた。慌てて、両手で自分の体を擦《さす》る。気休めにもならないその行為を繰り返しながら、死という存在をはっきりと傍らに感じた。私はここで、死ぬかもしれない。

満足に動かなくなった手を必死に動かす。しかしすぐに、手が止まった。

別に、死ぬことを拒否しなくてもいいんじゃないだろうか。むしろ、死ぬというのは、正しいのかもしれない。だって私はもう何も生み出せない。生きていく意味が見いだせないじゃないか。子を殺めた罪を背負い、夫から罰を受け続けるだけの命ならば、死んで何の問題がある。生きて、どうなる。

「なんだ、別にいいじゃない」

声にすると、はっきりとそう思えた。私がここで死んでも問題ないではないかと思うと心がとても軽くなった。このまま倒れてしまえば楽になる。身を投げ出そうとしたそのとき、黒い車が勢いよく目の前で停まった。中から誰かが飛び出してくる。

「こんな所で何してんだ!」

喪服を着た男だった。ああ、これは死神か。喪服に車だなんて随分時代に迎合しているのだなとぼんやりと思う。

「ひとりか。って、あれ……、あんた」

死神の声に別の驚きが生まれたので顔に目線を投げてみれば、それはいつか私を助けてくれたあの男だった。

「あ……？　どうして、ここにいるの……」

大学病院に通院することもなくなり、もう二度と会うことはないだろうと思っていた。なのにどうして、こんな場面で再会するのだ。ああ、この男は本当に死神なのだろう。彼と関わるたびに、私の不幸に拍車がかかった。

「それはこっちの台詞《せりふ》だよ。ええと警察、いや病院が先か」

男が私の腕を摑んで怒鳴るように言う。警察という言葉に、急に現実に引き戻される。警察沙汰《ざた》になったら、夫にどれだけぶたれる？

「だめです。警察には連絡しないで！　叱《しか》られてしまう」

縋ると、男が目を見開く。いやしかし、と戸惑う顔を見つめて首を横に振る。

「ねえ、あなた死神でしょう？　それなら早く私を殺して地獄にでもどこにでも連れて行ってちょうだい。私はそのほうがいい」

「は？　バカか！」

倒れ込もうとした私を男が力ずくで抱きかかえ、後部座席に乱暴に放り込んだ。すぐに何かがばさりと飛んでくる。どうやら男が着ていた上着らしい。叩きつけるようにドアが閉じられた音を聞く。

「このまま連れて行ってくれるの」

ちゃんと呟いたつもりだったが、そうでもなかったか。運転席に乗り込んだ男は何も言わない。もう一度口を開こうとしたけれど、意識はするりと消えていった。

——顔がじんわりと焼かれるような熱を感じた。鼻の頭がちりちりと痛痒《いたがゆ》い。両手足にも疼《うず》くような痛みを覚えて、目を覚ました。

膝を抱えるようにして座ったまま、眠っていたらしい。体がひどく強張って、いうことをきかない。夢の出口に立っているのかもしれない、そんな曖昧さを覚える。重たい瞼《まぶた》をゆっくりと持ち上げると、暗い場所にいた。目の前に小さな石油ストーブがぽつんとある。やかんの載ったストーブの奥では青と赤の炎がちろちろと揺れていた。ここは、どこだろう。

身じろぎをすると、背後から「起きたか」と耳慣れない声がした。どこか、耳を気持ちよく擽る声だった。

「気分はどうだ」

ぼうっとしたまま声のした方を振り返ると、ありえないほど近い距離に男の顔があった。私の吐いた息が間違いなく届く位置に、顔がある。ひ、と小さく悲鳴を上げて体を離そうとすれば、それを強い力で阻《はば》まれる。背後から男に抱きしめられていることに気付いて、もう一度悲鳴を上げた。

「ど、どうなってるんですか⁉　しかも、あの、服が……っ」

擦《こす》れ合う肌の感覚が、私たちが何も衣服を纏《まと》っていないことを知らせていた。死を願って意識を手放しはしたけれど、こんな事態になるとは想像だにしていなかった。

「わ、私、こんなの、その……離して！」

「落ち着け！　離れるから、だから、少し落ち着いてくれ！」

男の腕の中で必死にもがくと、ようやく腕が解かれる。上手《うま》く力の入らない体で這いずるようにして、男から離れた。

私たちは一枚の毛布に包まれていたらしい。私が毛布を自身の体に巻きつけて男を見ると、男は上半身を剝《む》きだしにしていた。下穿《したば》きは着けたままだったので、少しだけほっとする。

「ど、どうなってるんですか。ここはどこですか」

男から目を離さないようにしながら、周囲を窺う。暗く、静まりかえった部屋には他にひとの気配はない。悲鳴を上げて助けを求めても、誰も来ないかもしれない。警戒している私を見て、男は少しだけ躊躇《ためら》うようにして口を開いた。

「モーテルだ。あの場所から一番近いのが、ここだった。どこかに運び込まなけりゃ、あんたは凍死してたかもしれないんでな」

男の口調には、面倒くさそうな響きがあった。私に近寄って来るそぶりもみせない。混乱している頭で、これまでのことをのろのろと思いかえす。そうしながらぐるりと屋内を見回す。ストーブの炎だけが光源の暗い部屋は生活感がなく、中央にはやけに存在感のある大きなベッドがあった。

「運び込んだはいいが大雪のせいで停電してるし、水道管が凍結してるとかで湯も出ない。あんたを温めるには、こうするしかなかったんだよ」

毛布の下の体をみる。私の方は何も身に着けていない。

「脱がさざるを得なかったから。そうしただけだからな。服はびしょ濡れだったし、下着は……」

「ああ……。着けて、いませんでしたね。着るなと、言われたので」

夢の中の出来事のように言った。私が着けていた下着は、居間のくずかごに入っているはずだ。

「……さっきより、顔色がいい。だいぶ温まってきたみたいだけど、火の近くに居ろ」

男は本当に、言葉以上のことを考えていないようだった。座り直し、ぼうっとストーブを眺める。そんな様子を見ていると警戒心を剝きだしにしている私の方が過剰反応を示しているようで、もそもそと男の傍に座り直した。

「あの、助けて下さって、ありがとうございます」

「ああ」

私に無関心な男を、ちらりと窺う。とても、細い体をしている。鎖骨も肋骨《ろっこつ》もその姿をうっすらと現していた。瘦《や》せている、というよりは窶《やつ》れているという印象だ。もしかしてこの男は、病を得ているのだろうか。そう考えれば、この男のこれまでの意味不明な言動も少しだけ理解できる気がした。

「あなた、体の具合が悪いんですか」

ぼそりと訊くと、男は面倒くさそうに首を横に振った。それから、具合悪いのはあんただろうと言う。

「手や足先は痛くないか。凍傷になっているかもしれない」

男に言われて、両手を目の前に翳《かざ》して見る。足の先は少しだけむず痒いような小さな痛みがあるけれど、目立った変化はない。

「大丈夫、です。どこも、問題ありません」

それならいい、と感情の籠《こ》もっていない言葉を口にした男は、それからむっつりと口を引き結んだ。私ではなく、ストーブの方へ目を向けている。炎に照らされたその瞳は虚《うつ》ろで、何も見ていないようだった。隣にいる私のことなど、もうどうでもよいのだろう。どころか、拒絶にも似た色がある。

奇妙なひとだ。会うたびに、その瞬間ごとに、持っている雰囲気が違う。とても荒々しく感情を剝きだしにしていたり、暗闇の淵《ふち》に立っているような危うさを滲《にじ》ませていることもあった。さっきはあんなに大きな声で私を怒鳴って抱えたのに、いまは輪郭すらぼやけてしまったように頼りなく見える。私という観察者がいなければ、ふっと消えてしまいそうにも思えた。

肩からずるりと落ちた毛布を引き上げ、私も炎の方に視線を投げた。どんな事情があれど、男が私に何の興味も持っていないのは好都合だった。ここまでの事情を訊かれても、満足に答えられない。

夫に放り出されて、ここへ来て、どれくらいの時間が経つのだろうか。血はすっかり温まり、体内をゆるりと流れて熱を運んでいる。頬や鼻先は熱くさえあった。熱を取り戻したその手のひらを頬にあてた。柔らかくて心地よい熱を感じる。あんなに凍えていたのが、嘘のようだ。

私は、死ななかったのか。

死を受け入れようとしたのに、私は死ななかった。生きることを、手放したくさえあったのに。

涙が零れた。死を感じた瞬間に手にいれた安堵《あんど》感《かん》は、とても心地よかった。なのに、手にした瞬間に失った。声を殺して泣いた。鼻が詰まり、呼吸が荒くなる。手で顔を何度も拭《ぬぐ》い、息を止める。死を望んでいたのにと思うくせに、温かさにほっとしている自分が情けなかった。

「死ねなかった」

私は、死ねなかった。荒げた呼吸の合間に吐き出すと、隣で身じろぎする気配を感じた。はっとして見ると、男が私を見ていた。ちろちろとした炎に照らされた黒い瞳が、さっきまでは捉えようともしなかった私をはっきりと映している。

「死にたかったのか、あんた」

訊かれて、言葉が出ない。何度も口を開けては閉じる。

「……分からない」

果たして、ことりと言葉を置く。分からない。死にたかった私と、生き残って吐息を吐く私が存在している。

「でも、生き残った意味も分からない。苦しみ抜いてまで、生きなきゃいけない意味って何なの」

男が、私に手を伸ばした。そっと触れたのは左の口端だった。温かな指先が肌を撫でるように動くと電流のような不快感が走る。顔を歪めると、「痛そうだ」と呟く。

「血が、固まってる。青くなってる」

夫に殴られたところだ。男はそこをゆっくりと何度も撫でた。指腹の動きで、どれくらいの青痣が出来ているのかを知る。痛くて、少しだけ心地いい。不思議と不快にならなくて、目を閉じて男の好きなようにさせた。

しばらくすると、男が私に近づく気配がした。瞼を持ち上げるととても近くに顔があった。男は毛布の下の私の左腕を引き出し、さっきと同じように撫でる。二の腕にも、青黒いシミが広がっていた。やさしく何度も手を往復させ、そして男は、その傷に唇を寄せた。あ、と思った時には、舌先が傷を舐《な》めていた。

一晩だけの、炎が見せる幻のようなものだった。夢を見ていたのだと思い込もうとしていた。その男とどうしてまた、このタイミングで再会しなくてはいけないのだろう。

「ここじゃ、人目につくか。ちょっと付き合ってくれよ」

「あ、あの。私、その」

拒否しなくては。しかし大声を出して騒いでいたのが夫に知られたらと思うと体が強張る。外で夫以外の男と――しかもこの男と一緒にいたというだけでも、何度ぶたれるか。慌てて周囲を見回して、そして今日は死ぬつもりで夫とはもう二度と会わないのだったということに思い至る。急《せ》いていた心がふっと落ち着いた。多少予想外のことがあってもいいじゃないか。私の不幸にだけ関わりのあるこの男と会ったのも、もしかしたら意味があることなのかもしれない。男に引かれるまま、付いて行った。

あの晩と同じ車に乗せられ、十五分ほど走ったのちに連れてこられたのは、住宅地の中にある古い日本家屋だった。年季の入った門扉《もんぴ》の両端にはそれぞれ広葉樹が植わっていて、満足に手入れされていないのか自由奔放に枝葉を広げていた。

「あの。ここはどこですか」

「俺んち」

車の中でようやく互いの名前を知った。男の名前は清音《きよね》。見た目に反して、とても涼やかでいい名前だなと思う。あんたはと訊かれて、桜子だと答えた。

清音は独り暮らしなのだろうか。掃除をしている様子はなく、上がり框《かまち》の端には埃《ほこり》が溜《た》まっている。靴箱の上に置かれた江戸切子の花瓶には茶色く枯れた花が一輪所在なげに首を折り、そこにも厚い埃が被さっていた。通された居間は玄関先よりは幾分片付いているけれど、それでも清潔とは言い難い。窓と縁側を開け放つと涼やかな風が流れ込んできて、室内に溜まった熱気を流し去ってくれた。

清音は一番綺麗《きれい》だと思われる座布団《ざぶとん》に私を座らせ、自分はその正面に座した。

「あれから、旦那《だんな》に怒られなかったか」

私の顔をじっと見ながら、穏やかに問う。私の知っている彼はいつも恐ろしかった。不安定で荒れやすく、瞳はいつも深い闇を宿していた。しかしいまはそれを感じない。まるで夜の闇に陽が差し込んだようだ。彼はどうして変わったのだろうと思いながら頷いた。それから、あのときはすみませんでしたと言う。

「命を助けて頂いたのに、逃げるような真似《まね》をしました」

夜が明けるころ、清音が寝入っている隙《すき》に部屋から抜け出た。フロントに頼んでどうにかタクシーを呼んでもらい、家へと帰ったのだった。夫は多少の罪悪感を覚えていたのだろう。生乾きの寝間着姿で帰ってきた私を、黙って出迎えてくれた。夜をどう過ごしたのか、訊くことはしなかった。私も、言わなかった。

「いや、俺こそすまなかった」

清音が深く頭を下げる。その頭の天辺《てっぺん》を見ながら、あのときのことをぼうっと思い出す。

清音はただ私の痣に唇を寄せ、舐めた。もしかしたらすっかり元の肌の色に戻るんじゃないかと思うくらいに、繰り返し。それは、昔飼っていた猫を思わせた。私にあまり懐《なつ》かなかったあの子だけれど、熱が出て寝込んだときだけは傍にやって来た。そして小さな小さな尖《とが》りのような舌で、私のおでこを舐めた。あのざらついた舌と、とてもよく似ている。

清音が舌を這わすたびに、皮膚がやわく解れていくような気がした。何度も舌が這って充分に寛《くつろ》いだ腕を引くと、清音はおもちゃを取り上げられた子どものような表情を私に向ける。

『こっち』

頼りなく揺れる黒い目に、最初に清音が撫でていた左側の頰を向けると、今度はそこに舌を差し出した。湿った舌がぺろりと這った時、肌が微《かす》かに粟立《あわだ》った。

私の体には夫によってつけられた沢山の傷跡があって、示せば清音はそこに舌を乗せた。そうして、泣いた。私の傷を撫で、労わるように舐めながら、ぽろぽろと涙を流した。

『どうしてあなたが泣くの』

『あんたの体が、あんたが、綺麗だから』

バカな事を言う。醜い痣《あざ》だらけの私が綺麗なわけがない。ふふ、と笑いかけて気付く。きっとこのひとは、私の体の向こうに私ではない何かを見ているのだ。それが何なのかは分からないけど、それが彼をこうさせている。泣きながら舌を這わす様子を見守った。

しかし、清音が臍《へそ》の下に幾筋も走る妊娠線をとてもやさしく舐めてくれたとき、思わず涙が溢《あふ》れた。あの死産を慈《いつく》しんでもらえたのは、初めてだった。

清音のくしゃくしゃの頭を抱き、胸の中に埋める。吐息や鼓動を、肌に感じる。そうして時折抱え上げ、目じりを舐めた。塞《ふさ》がることのない傷から溢れる血のように、涙は絶えることがなかった。

言葉は、それ以上交わさなかった。一枚の毛布の中で、抱き合うように体を寄せあった。痛いところを差し出し、労わり合う。見えない出血を舐めあう。どうか、癒《い》えますようにと。

温かな火の傍でのそれは、この世界に生きるもの同士としての行為だった。私たちは性別など関係のない一個の生き物になって、互いの抱える傷の為だけに祈り続けた。そのとき私たちの間に存在していたものの名を、私はいまも知らない。言葉などない、男女の睦《むつ》み合いでもない、個のふれあいだけで補い合えたあれは、何だったのだろう。

心地よく、愛《いと》おしく。そして思い返すときには少しだけ泣きそうになる。

「でも、お蔭《かげ》で救われた。あの晩があったから、俺はこうしていられる」

清音の言葉にはっと我に返る。それは私も同じだ。あの晩の、慈しみあいの記憶が、私をこれまでどうにか生き長らえさせてきた。しかし彼はどうして、苦しんでいたのだろう。小首を傾《かし》げた私に清音は曖昧に笑って、それからふっと顔つきを改めた。すっと伸ばした手が口の端に触れる。

「また、痣がある」

肌色で丹念に隠したつもりだったのに、気付かれてしまったようだ。指腹で覆いを拭い取り、私の目を見る。

「旦那が？」

「昨日、怒らせてしまって。多分、ワインではなくてビールの気分だったからだと思うんですけど。私が赤ワインを用意してしまったから」

視線が鋭くなったことに恐怖を覚えて慌《あわ》てて言う。スイッチが入る前の夫の目に少し似た光が宿った。清音はおもむろに私との距離を詰めて来ると、私を押し倒した。驚いて抵抗しようとした両手を大きな片手で抑え込まれ、頭の上で留められる。股を割ってずり寄ってきた清音はワンピースを乱暴に捲《めく》り上げた。素肌を柔らかな風が撫で、びくんと震えた。

「何を急に……痛っ！」

わき腹を押されて声を上げた。他にも、右胸の上や太腿《ふともも》、下腹に触れる。そこは全《すべ》て、夫の暴力を受け止めた場所だった。わき腹は昨晩一番激しく蹴《け》られたばかりで、着替えるときに見るとどす黒く変色していた。

あのときも酷《ひど》かったと清音が独りごちるように言うので、彼の目的に気が付いて体の力を抜いた。

「全部、あの旦那がしたことなんだな？」

「ええ、そうです」

死ぬと決めたら、度胸が据わるものなのだろうか。普段だったら必死になって取り繕うだろうに、平然と頷くことができた。殆《ほとん》ど素性の知れぬ男に真昼間から組み伏せられ肌を露《あら》わにされても、構わないと思う。行きがけの駄賃のような気持ちになり、ぺらぺらと喋る。

「私が数回の流産と死産をして以来、夫は私を憎んでるんです。段々暴力の頻度が増えているので、痣も比例して」

「どうして別れない。離婚すればいい」

責めるような口調に、はあ、と間抜けな声で返した。そんなことは思いつきもしなかった。どうしてだろうと少し考えて、ああそうだと気づく。もし私たち夫婦が離れてしまえば、その間にいた子どもたちが消え失《う》せてしまうような気がしていたのだ。誰も知らない四人の命を嘆き悲しんであげられるのは、私たちふたりだけだから。でも、どうなんだろう。もうずっと、夫と子どもたちの話をした記憶がない。夫は私が子を殺《あや》めたことを何度でも責めるけれど、それ以外のことは言わない。

「このままじゃいつかあんた、殺されちまう」

考え込んでいると、清音が厳しく言い放つ。やはり、はあ、と答える。

「そうですね。殺されるのを待つのも辛《つら》いので、私は今日死ぬつもりなんです」

今度は清音の口から変な声が漏れた。私の両手を押さえつけていた左手が緩む。

「今日は私の誕生日で、とてもいいお天気の日曜日だから、死ぬにはぴったりの日だと思ったんです」

「何だ、それ」

大きな手が完全に離れたので、ゆっくりと起き上る。少し清音と距離を取り、捲れた服を整える。

「もう、疲れたんです。子どもを喪《うしな》った哀《かな》しみに耐えるのも、永久に続く暴力に晒《さら》されるのも。夫はきっと、一生私を殴るでしょう」

「だから別れ……ああ、そうだ。桜子さんの旦那の暴力が仮に無くなるとすれば、死なずに済むのか」

清音の問いに、乱れた髪を手櫛《てぐし》で梳《す》いていた私は少し考えて首を横に振る。

「いえ、やっぱり死にたいです。私はもう、子どもを望めないんです」

これ以上、妊娠に体が耐えられないだろうと言われたあの瞬間を、もう何度夢に見ただろう。毎回、泣きながら目覚める。

「子どもを育てたかった。成長を喜びたかった。それが私の昔からの夢だったんです。

それがもう叶《かな》わないのなら、生きている意味がない。夫もきっとそれを分かっている
から、私を殴る手を止められない」
目じりに涙が滲《にじ》んだかと思えば、それはすぐに頬を伝った。向こうに行けば、四人
の子どもたちがいる。私はその子たちをこの手に抱ける。それはきっと幸せなことじ
ゃないか。
清音は何も言わずに、ボックスティッシュを投げてきた。数枚取り、目に押し当て
る。
「……なあ、旦那も殺しちまえよ」
「は？」
ふいに零《こぼ》した呟《つぶや》きの意味が分からずに顔を上げると清音がもう一度、旦那も殺せと
いう。
「何を、言ってるの……」
「旦那だって、あんたをそこまで痛めつけるくらい、子どもが大事だったんだろう。
それなら両親一緒に会いに行ってやればいい」
「一緒に、会いに」
頭をガツンと殴られたような衝撃を覚える。清音の言葉を何度も繰り返す。それは

とても、いいことのように思えた。子どもを前にしたら、夫は優しかったあのころに戻るのだろうか。苦しみから逃れて、笑うのだろうか。

そうします、とはっきり頷いた。

「じゃあ、睡眠薬をやる。今日これから――夕飯に混ぜるんだ。無味だから気付かれないはずだ。旦那が眠ったところで、首を絞めろ。旦那はあれから太ってない？」

「はい、いまも痩せぎみです」

「それなら大丈夫だ。いいか、絶対に、首を絞めろ。両手で、こう。息が止まっても、しばらく手を離すな」

清音が私の首に両手を掛ける。くっと軽く力を込められただけで息が止まった。分かりました、と言えずに何度も小さく頷いた。

「それと、もうひとつ約束だ。旦那を殺したら、そこで俺を呼んで欲しい」

清音の手が離れる。はぁ、と息を深く吐いてから、どうしてですかと訊いた。清音は当たり前の顔をして、次は桜子さんが死ななくちゃならないだろう、と言った。

「俺が殺してやる。俺は、死神だから」

死神。私は確かに一度は彼をそう思った。だけど、口に出して呼んだだろうか、はっきりと覚えていない。いや、死神でも何でもいい。清音が私を殺してくれるというのはいいな、と思った。私の不幸の象徴みたいな男が、私の傷を癒そうとしてくれた男が殺めてくれたら、するりと旅立てそうな気がした。

「約束します」

清音は私に白い粉末の薬をくれ、家の近くの公園まで送ってくれた。

「今晩、何もかも終わったら、ここに来い。夜が明けるまで待ってる」

夫を殺めたら、公園で死神が待っている。


もう二度とここに帰って来ることはないと思って出たのに。不思議な思いで玄関の鍵《かぎ》を開け中に入ると、般若《はんにゃ》の形相をした夫に腕を摑まれた。

どこに行っていた、と行先を問うなり頰をひっぱたかれる。引きずられてリビングに行けば、片づけて行ったはずの室内はまた荒れ果てていた。

「帰って来てみればいない。しかもそんな派手な格好をして、何してる」

「ごめんな、さ……っ！」

頭を殴りつけられ、その勢いで壁まではじけ飛ぶ。食器棚の角でしたたかに背中を打ち付けて一瞬息が止まった。げほげほと噎《む》せる私の髪を摑《つか》み、無理やり顔を上に向かされる。

「腐り腹のくせに、一人前の女のつもりかみっともない。着替えて、早く片づけろ」

「は、い……」

夫の手が離れると、床にぱらぱらと髪の毛が落ちた。全身が痛くて、涙が滲む。けれど、心は落ち着いていた。これも、今晩までのことだ。幸せが待つ場所へ、死神が連れて行ってくれる。

普段以上に荒れた部屋を片付ける。私が出かけていたことが余程気に食わなかったらしい。居間以外の部屋も酷い有様で、私が寝室にしている仏間は特に荒れ果てていた。簞笥《たんす》から引っ張り出され破られた服や、化粧台からくずかごに叩《たた》き込まれた化粧品を片づけていく。

ふと視線を投げた私は、思わず息を飲む。小さな仏壇が真っ白に染まっていた。陶器の香炉が真っ二つに割れ、灰をぶちまけている。朝に供えた仏飯にお茶、位牌《いはい》までもが灰に塗《まみ》れていた。

「どうし、て……」

どうしてこんなことをするの。気付けば夫に摑みかかって、殴りつけられていた。夫は私の腹を何度も蹴りながら、お前のせいだと言った。

そして私は、夕食の味噌汁《みそしる》に粉末を溶かした。気付かれやしないかと胸が暴れたけれど、夫は何も言わずに食べ終えた。食事のあと三十分もすると夫は目を擦りだし、酷く眠いと言って寝室へ向かった。それから三十分後に恐る恐る様子を見に行くと、とても静かに、眠りに落ちていた。胸元まで掛けた薄布団が、規則正しく上下している。

　一通りの片づけを終えて、寝室に戻った。緊張しすぎて、吐き気を覚える。自分ひとりが死ぬと決めたときはとても晴れやかだったのに、ただただ苦しい。でも、やってしまえばきっと楽になれる。

　何度も深呼吸をして、夫の横に腰かけた。あなた、と呼んでみる。返事はない。意を決して、夫の上に馬乗りになった。体重を掛けないように腰を浮かせて、それから両手をゆっくりと首に添える。

　温かかった。こんな風に夫の熱を感じるのはいつぶりだろう。寝室も別々になり、触れることなど――殴られることを除けば――ついぞなかった。

　首に手を掛けたまま、寝顔を見つめる。少しだけ痩せたようだし、白髪もちらほらと見える。眉間《みけん》にはうっすらと縦皺《たてじわ》の痕《あと》があった。

　もし私が夫を殺め、向こうの世界で再会したとして、夫は果たして喜ぶのだろうか。

俺まで殺したのかと怒るのではないだろうか。ああもう、よく分からない。

「向こうで、会いましょうね」

両手に力を込める。手のひらに、とくとくと脈打つものを感じた。


公園に行くと、外灯の下に死神がいた。冬の晩と同じように、喪服を着ている。暗闇に浮き上がるように立っていた死神は私の顔を見て、そっと笑った。

「できなかったんだな」

涙が溢れて止まらない。嗚咽《おえつ》を堪《こら》えながら、頷《うなず》いた。私は夫を殺められなかった。

「だって、生きてるんです。あのひとは生きている」

死神の前に、懺悔《ざんげ》をするようにへたり込んだ。

力を込めたら、夫の息がくっと止まった。さあこのままひと息に、と思ったのに、私は気付いてしまった。手の中で、力強く脈が打っていることに。それは夫の生の鼓動だ。気付かぬふりは出来なかった。ああ私はいまこの両手で命を握り潰《つぶ》すのだと思った瞬間、力が入らなくなった。

あの子は私の両手に収まるくらい小さくて、でも脈打つことはなかった。狂うほどに望んでも。あのとき、何を捧《ささ》げてでも与えて欲しかったものと同じものを、あの子を抱いた手で奪うことなどできない。自ら死を摑んではいけないのだ。そんなことをしてはきっと、あの子には二度と会えない。

気付けば夫から手を離していた。少しの間咳《せき》込《こ》んで苦しそうだったけれど夫は再び安らかな眠りに落ちて、それを見たら全身から汗が吹きだした。ぶるぶると震えだした手を胸元でぎゅっと抱き、よかったと息を吐いた。命を潰さずにすんだことに、心から安堵した。

ごめん。ごめんなさい。

気付けば、何度もそう繰り返していた。誰に向けての、何の謝罪なのか分からない。会いに行く事の出来なかった子どもたちへなのか、夫へなのか。

自分の首に手を掛け、ぎゅっと覆《おお》う。夫と同じように動いていることに、新しい涙が溢れる。

「私も、生きてるんです。こんな私でも」

そりゃあ、当たり前だ。清音はとても穏やかな声で言って、続けた。

「出かけようか」

清音は私を乗せて、海まで向かった。そこは私が死に場所にしようと思っていた場所だった。

夜の海辺は、月明かりのお蔭でほんのりと明るかった。波のさざめく音だけが静かに響く。車を降りて、ふたりで並んで歩いた。淡く光る砂が、二つの足音を重ねる。

妻が死んだんだ、と清音が静かに言った。

健康そのものだったのにある日突然具合が悪くなって、入院した。銀杏《いちょう》並木の中に座り込んでた桜子さんと出会ったのは、あいつの余命宣告を受けた日だった。具合が悪くなってから、半年も経《た》ってなかったよ。不幸は突然やってくる、なんてドラマだけじゃなくて本当にあるんだよな。

独り言のようなそれを邪魔しないように、小さく頷きを返す。創作物の中にしかないような不幸がまさか自分に降りかかるはずがない。私も、そう思っていた。

夫のあなたが奥様を支えてあげましょう、なんて医者が言うんだけどさ、出来ねえって思った。あいつが病気になるとか死ぬとか考えたこともなくて、あいつに支えられて生きてきたのは俺だったんだ。ただでさえ気が動転してんのに、支えるなんて出来るわけない。金だけは払うんでどうにかして下さいって言って、逃げたよ。とにかく忘れたくて酒を呷《あお》った。よく覚えてないけど、めちゃくちゃな量を飲んだんだろうな。でも、バカだよなあ。逃げだした病院に、病人背負って戻ってんだから。しかも酔ってるもんだから足元はフラフラで時間かかって、挙句に看護師に怒鳴られてさ。格好悪いったらないよな、本当に。

静かに清音が笑う。それにつられて私も少しだけ顔が緩んだ。

「あのとき、こんな酔っ払いに助けられてなるものかと思った」

そう言うと、それは間違いないなと、と清音が愉快めいて返す。

桜子さんの旦那に投げつけた言葉は全部、自分へのもんだった。いまは、失礼なことしたと、思ってる。でもそのお蔭で、後悔しても逃げてもどうしようもないんだって気付けたよ。それからは出来る限り、支えになろうとした。あいつも応《こた》えてくれるように、余命宣告よりも長く頑張ってくれた。でもやっぱり完治は、無理なんだよな。もうあと何日も持たないだろうってところまで病は進行してしまった。そんなとき、意識を僅《わず》かに取り戻したあいつが言ったんだ。体を拭《ふ》いてくれる？　って。もうずっと風呂《ふろ》に入れなかったし、それで気持ちよくなるのならって、俺はすぐに用意した。

清音はぽとぽとと言葉を落とす。それは全部、波が攫《さら》って行く。これはどこに流れて行くのだろう。苦しみ哀しみの行きつく、海の果てのようなところがあるのだろうか。ひとは悲しみを捨てることで、明日を生きていける生き物なのか。となれば、私が死に場所にここを選ぼうとしたのも、その果てへ行きたいという本能ゆえのことだったのか。視線を投げたずっと先には、漆黒が広がっている。

悪夢だったよ。真っ白で柔らかだった体が骨と皮、僅かな肉だけになってるのを、この手で辿《たど》らなくちゃならなかった。棒切れみたいな腕は点滴のせいで黒ずんだ痣があって、太腿は肉がごっそりこそげ落ちてた。腹だけが腹水でパンパンに膨れていて、真っ青な血管が網目のように張り巡らされていた。肌は土気色をしていてカサカサしていて、まだ生きてるのに、死んだものの臭《にお》いがした。何でこんな姿になってんだよって叫び出しそうになりながら、体を拭いた。

もう見ていられなくて、もう楽にして挙げた方がいいと思って、俺はあいつの首に手をかけた。筋の浮いた細い首は、ちょっと力を入れたらすぐに折れてしまいそうだった。そしたらさ、両手に感じたんだ。どくどくと流れる血の流れを。こんな状態でも、命は必死に流れてる。だから、できなかった。枯れ木みたいな体を抱きしめてごめんと言ったら、バカねってあいつに笑われた。欲しがっても手に入れられないものなのよ。どんなにボロボロでみっともなくても大切にしましょうよ、って。あんまり清々《すがすが》しく言うもんで、俺の方が情けなくなって泣いた。

水際《みずぎわ》で揺らめく小さな貝を拾い上げる。波が流し去る前の、清音の呟きの欠片《かけら》だ。

ああ、私をここに導いたのはこの言葉だったのか。手のひらに、もう忘れることはないであろう鼓動が蘇《よみがえ》る。欠片と鼓動を握りしめるように、貝を強く握った。

清音がふっと足を止める。波打ち際に体を向け、しばらく眺めていた。私もまた、波の果てを見る。

「桜子さんに再会したのは、妻の葬式が終わった夜で、ここから家に帰る途中だったんだよな」

「……あんな雪の中、どうして海へ？」

訊《き》くと彼は月を見上げる。そして、「あいつを海にするため」、と言った。

ずっと言ってたんだ。少しでいいから海に遺灰を撒《ま》いてくれって。わたしは何も残さずに死んでしまうから、だからせめて世界を満たす水に溶け込みたい。生き物を育《はぐく》む存在になりたいんだ、って。変なこと考えるなって思った。でもそのすぐ後に、最後の願いだったから聞いてやらなくちゃ、って。だから遺灰を持ち出してここに来たんだけど、出来なかったんだ。遺灰を入れた瓶を、そのまま持ち帰った。

「どうして。せっかく来たのに」

清音は考え込むように黙った。広い背中越しに見る海はカスタードクリームのような月の光を受けて煌《きら》めき、うつくしい。同じ方向をしばし見つめた後、今日の海は綺麗だなあと清音が洩《も》らした。相槌《あいづち》など求めていないような呟きに、短く頷く。

でも、あのときのここはとても荒れて、死の入り口のように見えたんだ。あいつは生きているときからあんなに苦しんだのに、また地獄に放り込んでしまうのかと思うと、出来なかった。思い悩んでいると、病に蝕《むしば》まれて痩せ衰えた体がちらついて消えなくなった。あいつは何か恐ろしいものになろうとしていたんじゃないか、なんてバカなこと考えだして、そしたら俺まで死に取り込まれてしまうような気がして来て、怖くなってここから逃げ出した。長くいたら、瓶をかかえたまま俺が海に入って行ってしまいそうだった。そんな帰り道、フラフラになって立っている桜子さんを見つけた。一瞬、死んだあいつがこんなところまで俺を追いかけて来たのかとハンドルを切り損ねそうになったよ。はは、そんなことあるわけないのにな。それからとにかく助けようとしたものの、どうも事情があるようだからどこにも連れて行けない、でもこのままじゃ死んでしまうと思ってあんなところに連れ込んだ。

サンダルを脱ぎ、素足になって清音の横を通り過ぎた。柔らかに優しく、手招くようにゆるりゆるりと波打つ中に足を踏み入れる。ひんやりと冷たくて、心地いい。足指の間をやわらかく砂が撫《な》でていく。もう少し奥に行けば、ワンピースの裾《すそ》が濡《ぬ》れた。波が裾を躍らせる感覚を楽しみながら視線を遠くにやる。水平線も見えない遠くの深い暗闇《くらやみ》の中、遠くを進む船の光が見える。どんどん、小さくなって消えていく。あの船はどこへ向かっているのだろう。

この海になりたい。その願いは、私と同じように果てに辿り着きたいという悲しみからだったのだろうか。でも、そうじゃない気がする。

背中で、清音の声がする。

あの冬の晩、桜子さんは死ななかったと言った。苦しんでまで生きる意味が分からないのに、とも。ああ、このひとは死なないひとなんだと思った。凍死寸前でも、痣だらけでも、苦しんでも死なないひとなんだと。桜子さんが、うつくしい生の象徴のように思えた。痣の下の柔らかな肉、温かでしっとりした肌に力強い心臓の鼓動は、頭がクラクラするくらいの衝撃だった。死にゆく体に囚《とら》われていた俺には、奇跡に思えたんだ。

あのとき、疲れきった心も体も癒されていくような感覚があった。あのとき俺は、桜子さんから生を分け与えてもらったんだ。

水面から清音へ顔を戻す。ありがとうと言われた。あのとき俺を生かしてくれてありがとう。

「私は今日、清音さんに助けてもらった。おあいこだわ」

「そうだな」

くすりと笑った清音は、ポケットから小さな瓶を取り出した。フィルムケースよりも小さなそれの底には、ここに広がる砂のようなさらさらしたものが入っていた。奥さん、と呟くと頷く。

「桜子さんを待つ間、ずっと考えてたんだ。傷だらけで苦しんで死を願う桜子さんが、それでも死を乗り越えて戻ってきたら、こうしようって」

私は海から出て、入れ違うように清音が波間に入って行く。腰ほどの深さまで浸《つ》かった清音は、長い間遠くを見つめていた。

「いいの？」

「ああ、これでいいんだ。あのときの海も、いまのこの海も同じ。裏表みたいなもんだ」

私は、その背中を見守っていた。そして、名も知らぬ女性の最後の願いを思いかえす。

「ああ、そういうこと」

思わず声が出た。清音がゆっくりと振り返る。手にしていた貝を掲げ、言う。

そういうことなのね。ひとは海になれるんだわ。この世界を巡る海に。

海に果てなどない。彼女の苦しみが巡り巡って私のところへ辿り着き、私を救った。流した涙は、いつか誰かに優しく辿り着く。ひとは誰かを育むものになれる。月明かりを背にした清音の表情は分からなかった。再び海原に体を向けた清音は、大きく腕を振る。綺麗な弧を描く手から、きらきらと彼女が舞う。とても、まばゆかった。

海から上がって来た清音は思いだしたように自身の腕時計を見た。

「十一時五十八分だ」

「そう。それが、どうかした？」

誕生日おめでとうと、清音は笑った。

「桜子さん、桜子さん。トラックが着いたよ」

ソファでうたた寝をしていると、肩をそっと揺らされた。ゆっくりと瞼《まぶた》を持ち上げると、由里《ゆり》ちゃんが私の顔を覗《のぞ》きこんでいた。

「おかっぱの女の子もいたよ。あの子がきっと、晴子《はるこ》ちゃんだよね。あたし、挨拶《あいさつ》してもいい?」

「ええ、お願いね。私もすぐに行くわ」

欠伸《あくび》をして、体を起こす。由里ちゃんはぱっと顔を明るくして、外へ駆けだして行った。

「由里のやつ、同級生が引っ越して来るって、ここんところずっとうるさかったんだ。すげえウザい」

机に向かって宿題をしていた隆《たかし》くんがわざと顔を顰《しか》めて見せる。ふたりはこの近くにある団地に住んでいる幼馴染《おさななじみ》だ。そして、私が取り上げた子でもある。隆くんは四千グラムに手が届こうかというビッグベビーで、明け方にとても大きな産声《うぶごえ》を上げて生まれた。

あのときの面影が残る顔を見ながら、そんなこと言わないでと笑う。

「私はとても嬉《うれ》しいわよ。引っ越してすぐにお友達ができたら、晴子もきっと安心するもの。さあさ、荷物を運ぶのを手伝わなくちゃ」

涎《よだれ》など垂れていないだろうか。割烹着《かっぽうぎ》のポケットから小さな手鏡を出して、覗きこんだ。そこには皺くちゃの老婆《ろうば》がいた。あらあらさっきまでとても若かった気がするのに、と小さく笑う。

とても懐かしい夢を見ていた。私も清音も、とても若かった。

夏の海の晩から、いろんなことがあった。あれから私は離婚を決意した。死ぬまで傷つけあうしかできない関係を終えることが、私にとっても夫にとっても最良だと思ったからだ。しかし夫と離婚するのに、三年もかかった。泥沼で縺《もつ》れ合うようなやり取りの末、夫に身一つで出て行くことを条件に離婚を飲んでもらうと、清音の家に転がり込んだ。心労ですっかり痩せ細った私を、清音は黙って抱きしめてくれた。

それからは学生のころよりずっと衰えた頭で必死に勉強をして看護師の免許を取り、それからまた勉強を重ね、助産師になった。この両手に今度こそ、生まれ出る命を抱いてみたかったのだ。

初めて取り上げた子のことはきっと一生忘れない。あの日死ななくて本当に良かったと泣く私に、清音はプロポーズしてくれた。それから自宅を改築して助産院を開いた。七十の誕生日を最後に閉めたけれど、取り上げた子どもたちがいまでも遊びに来てくれて、とても賑《にぎ》やかしい。

死を覚悟したあの朝には想像もできなかった幸せを、たくさん清音と重ねてきた。彼が亡《な》くなるその瞬間まで。そして、いまも。

「隆くんも、手伝ってちょうだいな。終わったらみんなでおはぎを食べましょう。晴子の大好物だって言うから、朝から山ほど作ったのよ」

「仕方ねえなあ」

わざとらしく肩を竦《すく》めて見せる隆くんだけど、彼だって本当は楽しみにしているのだとそっと教えてくれたのは由里ちゃんだった。あいつ、わざわざ髪を切りにいったんだよ。意識しちゃって、バッカみたい。

外に出ると、引っ越し業者がトラックから家具を運び下ろしているところだった。ジャージを着た甥《おい》が私を見て頭を下げる。

「おばさん、今日からよろしくお願い致します」

「ええ、ええ。きちんとお預かりしますよ」

甥が私を訪ねて来て、子どもを預かって欲しいと言ったのは一週間ほど前だった。甥は早くに離婚をし、たった一人の娘である晴子は祖母である私の姉が親代わりのように育ててきたのだけれど、その姉は先日認知症で施設に入ってしまった。

男親である自分ひとりでは到底育てられないので助けて下さい、と頭を下げる甥に戸惑った。まだまだ元気だと自分では思っているけれど、喜寿を目前にした老女によくもまあ唯一《ゆいいつ》の子を預けようとするものだ。しかし、このままではあの子に辛い思いをさせてしまうと言われてしまえば、断ることなどできなかった。

「それで、晴子はどこかしら」

あっちです、と甥が指差す。その左手には、先日には無かった真新しい指輪が光っていた。それで、哀しい理由を察する。親になれた喜びを忘れ去ってしまうひとは、哀しいけれどいる。それが血の繋《つな》がったものであることに、少しの失望を覚えた。

視線をやれば、門扉の外で小柄な女の子に由里ちゃんが話しかけている。晴子が、中に入って来るのを躊躇《ためら》っている様子だった。小学校低学年のときに会ったのが最後だったけれど、あの時分から体格の小さな子だったなと思いだす。大柄な姉にいつもぴったりとくっついていたから、ひとりではここに入りづらいのかもしれない。

「晴子、いらっしゃい」

声をかけると、不安そうな顔が私を見上げた。唇をぎゅっと嚙《か》みしめている。母代りの祖母から離れ、父から捨てられるこの子の中には私が想像しえない嵐《あらし》が渦巻いていることだろう。少しでも安心させたくて、精一杯微笑《ほほえ》んでみせた。

「これから、どうぞよろしくね」

「……よろしく、お願いします」

声が頼りない。いまにも泣きだしそうだ。けれど私の目を見てはっきりと言う晴子には決意のようなものが浮かんでいた。ああ、この子はきっと覚悟をしてここに来たのだ。ならばきっと、大丈夫だ。

「ねえ、晴子ちゃん。怖がらなくっても、大丈夫だよ。ほら、これ見て」

何かを察したのか、由里ちゃんが背にした門扉に掲げられた古ぼけた看板を指差した。

「ここは『うみのいりぐち』なんだよ。この中では、世界中の哀しみや苦しみから逃げられるの」

晴子が看板を不思議そうに眺める。それから答えを求めるように私の顔を窺《うかが》った。

「昔、助産院をやっていたの。そのときの、名前よ」

「なんだか、変な名前。うみのいりぐちなんて」

「ふふ、不思議でしょう。由来はね、振り返ってごらんなさい」

高台にあるこの家から遠くをみれば、水平線が見える。あの海は遠い昔に私が死に場所にしようとし、そしてある女性が海になった場所だ。

「海が見えるでしょう。あの海は、世界中に繋がってるの。ここで生まれた子どもたちはあの海のような広い世界に飛び出す稚魚たちなのよ。だからここは、海に向かうための入り口。この中は、海に出る準備をするための場所、ってそういう意味なのよ」

「準備をする場所……」

「あたしも、ここで生まれたんだよー！」

由里ちゃんが明るく言えば、晴子がそれに応えるようにぎこちなく口角を持ち上げる。

看板を見上げながら、思いだす。

ねえ清音。ここを出たら、何にでもなれるのよ。ひとは海にだってなれる。育むものになれる。それってとても素敵でしょう。私、ここにはこの名前しかないって思うの！

あのときの自分の興奮ぶりに思わず笑う。

そして私は小さな晴子の手を取り、門を潜《くぐ》った。

解説

吉田伸子

うわっ、なんだ、この筆力と構成力は。

本書が単行本として刊行された時、読み終えて圧倒された。凄《すご》い、凄い！　と一人で興奮したこと、そして同時に、あぁ、私、この本がたまらなく好きだ、と強く思ったことを、今でも覚えている。今回、この解説を書くために改めて読み返してみたのだが、やっぱり町田さんの筆力と構成力には圧倒されたし、物語に登場する人たちが愛《いと》おしくてたまらなくなってしまった。

本書は、第15回「女による女のためのR－18文学賞」大賞受賞作「カメルーンの青い魚」を含む、5作からなる連作短編集だ。単行本の帯には、二人の選考委員の言葉――「選考委員として、この話を送り出せる幸せを感じました」（辻村《つじむら》深月《みづき》さん）、「こんなに切なく楽しくうつくしい小説が、デビュー作だなんて！」（三浦しをんさん）――が載っているのだけど、一読者として、町田そのこという作家を世に送り出してくれた二人には、感謝という言葉では足りないくらいの想《おも》いを、個人的には持っている。

仕事がら、新人作家さんのデビュー作も沢山読んでいるけれど、本書はその中でもちょっと忘れられない一冊だった。もしかしてこの方は既にどこかでデビューされていたのかも。漠然とそんなふうに思っていたので、つい先日、「WEB本の雑誌」の「作家の読書道」で、町田さんのインタビューを読んだ時は、思わず「マジかっ！」とPCを前に立ち上がってしまったほどだ。

インタビューいわく、作家を志したのは、敬愛していた氷室冴子《ひむろさえこ》さんが亡《な》くなったことがきっかけだったこと。「R-18」には二度目の応募だったこと——一度目は「一次にもひっかからなくて」落ちていた——、その後「2年間くらい、本を読んで自分なりに勉強」したこと、等々。

なかでも、桜庭一樹《さくらばかずき》さんの『私の男』の冒頭の書き出しに惹《ひ》かれて、自分でもそんなふうに書けるようになるために、「『私の男』の最初の1行目から終わりまで全《すべ》てタイプしたんですよ」という町田さんの言葉は、衝撃的だった（ちなみに、この、ある作品をそっくりそのまま書き写してみる、というのは、文章訓練としては知られていて、作家の浅田次郎さんも、エッセイで書かれている）。作家・町田そのこという芽を見出《みいだ》したのが、辻村さんと三浦さんだとしたら、その萌芽《ほうが》の栄養分となったのが桜庭さんなのだ。もちろん、その「芽」自体に、素晴らしいポテンシャルがあったのだろうけれど。

本書の一作目は、その受賞作「カメルーンの青い魚」。これがもう、本当に「新人離れ」なレベルなんですよ。真ん中にあるのは、主人公のサキコと、彼女にとってただ一人の男である〝りゅうちゃん〟との愛だ。シングルマザーの母親から、物心つく前に祖母に預けられたため、両親を知らないサキコと、児童養護施設育ちのりゅうちゃん。呼び合うようにして結びついた魂。けれどサキコとりゅうちゃんは、二人で生きることは難しかった。祖母とともに、小さな街で呼吸することを覚えたサキコと、小さな街では収まりきれずに、街を出て行ったりゅうちゃん。この二人の在り方が、もう、ひりひりするくらい切ないのだけど、そこにさらにちょっとした〝仕掛け〟があって、それが物語の〝味変〟になると同時に、切なさを加速させているのだ。凄い。本当に。

二作目は、本書のタイトルにもなっている「夜空に泳ぐチョコレートグラミー」。中学生の啓太《けいた》は、同級生の近松晴子《ちかまつはるこ》の「孵化《ふか》」を目にする。大人しくて印象の薄い晴子が、自分をからかった男子を突如ボッコボコにしたのだ。啓太の目には「ちょうかっこよく」映ったし、それは「正しいいじめの回避として、晴子のは間違いなく正解のひとつだった」。この冒頭のシーン、めちゃくちゃそそられませんか？

啓太の母はシングルマザーだし、晴子の家は、母親が出奔して祖母の烈子《れつこ》が晴子の母親代わりだ。晴子に父親はいるものの、影が薄い。烈子は、親鳥がその羽の下に雛《ひな》鳥《どり》を包み込むようにして、晴子を庇《ひ》護《ご》していたのだが、いつも晴子の送迎をしていたその烈子の姿を見かけなくなったことに気づいた啓太は、烈子の具合が悪いのかと思い、そのことを晴子に尋ねるのだが……。

それぞれに事情を抱えた啓太と晴子が、山の上にある「展望公園」で語り合う場面がいい。チョコレートグラミーが何を意味するのか明かされるそのシーンは、静かに悲しくて、儚《はかな》くて美しい。

「波間に浮かぶイエロー」は、突然自死してしまった、亡き恋人への想いを抱えている沙世《さよ》と、沙世の勤務先である『ブルーリボン』という軽食屋のオーナーの芙美《ふみ》、かつて芙美と交わした約束を頼って店にやって来た環《たまき》、三人がそれぞれに抱えるものを描き出す。この物語にも、「カメルーンの青い魚」と同様に〝仕掛け〟があるのだけど、こちらもまたいい。物語の奥行きがぐっと広がっているし、切なさも深まっている。

「溺《おぼ》れるスイミー」は、本書を象徴している物語でもある。最後に収められている「海になる」もそうなのだけど、本書に収録されている5作に通じているのは、「ここではないどこか」と「ここ」だ。そう、人には「ここではないどこか」のほうが息がしやすかったり、生きやすい人がいるのだ。そういう人たちは、彼らにしっくりと来るところへと足を踏み出す。そして、それと同じように、「ここで」生きることを選ぶ人もいる。

それは、彼らの意思とは別の、もっとこう、根源的な、本能的なことだ。「溺れるスイミー」を読むとそのことがよくわかる。主人公は、製菓会社の工場で働く唯子《ゆいこ》。唯子の父親は「離れたくなる衝動をどうしようもできない」人だった。何度も何度もふらりと消えては、なかなか帰って来ない。仕事を失い、貯金が底をついても、父親のその衝動は止まらなかった。愛想を尽かした唯子の母は、唯子と共に実家に帰る。唯子の父親に「もうこれからは帰ってこなくていい」と告げて。

唯子は父の血を継いでいる。彼女もまた、「ここではないどこか」を求めてしまう質《たち》だ。けれど、彼女は、行方不明となった父の末路も、その父に向けられた母の〝仕打ち〟も知っている。だから、父のようにはなりたくないし、なれない。どんなに「どこか」に焦《こ》がれようと、「ここ」で生きることを、選び取る。それが魂が引き裂かれそうなくらい辛《つら》いことだとしても、自分の「ここ」に踏みとどまる。

どちらが良いとか悪いとかでは、ない。ただ、転がるような生き方しかできない人もいれば、どうしても転がれない人もいる。けれど、どういう生き方を選んだとしても、奇跡のような瞬間が訪れることが、きっとある。その瞬間を心の糧《かて》として、人は生きていく。生き続ける。側《はた》から見れば愚かに映る生き方だとしても、そんなものに頓着《とんちゃく》することこそが、愚かなのだ。

最終話の「海になる」は、絶望から希望へと、主人公が軸足を移す瞬間が、実に鮮やかに切り取られている。この物語にもまた、生きること、生きていくことへの力強い肯定がある。

それにしても、どの作品も本当にいい。人生で迷子になっている人たちの気持ちに、そっと寄り添うような、背中を優しくとんとんするかのような、温《ぬく》もりがある。

前述の「作家の読書道」で、町田さんは「冒頭の一文って絶対に大事だなと思っていて」と話されているのだが、本書の5作は、どれも書き出しが素晴らしく巧《うま》い。「大きなみたらし団子にかぶりついたら、差し歯がとれた。しかも、二本。私の前歯は、保険適用外のセラミック差し歯なのだ。」

「夏休みに入るちょっと前、近松晴子が孵化した。」

「恋人は死んだ。とても寒い冬にふっと訪れた暖かな日の昼下がりに、散歩にでも行くような身軽さでふらりとアパートを出た彼は、小さな田舎町の駅で海行きの快速電車に轢《ひ》かれた。」

「名も知らぬ小さな駅で、父と別れた。」

「今日は私の誕生日で、とてもいいお天気の日曜日だから、死ぬにはぴったりの日だなと思った。」

どうです、この完成度の高さ。物語に引き込む、その力。

本書はある登場人物が重なっている連作短編集なのだが、だれがどの作品で、どんなふうに重なっているのかは敢《あ》えて書かない。ただ、その重ね合わせ方が、これまた絶妙で、心憎いほどだ、とだけ。どんなふうな重なり方、連なり方をしているのかは、ぜひ、実際に読んでみてください。

（令和三年二月、書評家）

この作品は平成二十九年八月新潮社より刊行された。

町田そのこ著
コンビニ兄弟
―テンダネス門司港こがね村店―

魔性のフェロモンを持つ名物コンビニ店長(と兄)の元には、今日も悩みを抱えた人たちがやってくる。心温まるお仕事小説登場。

町田そのこ著
コンビニ兄弟2
―テンダネス門司港こがね村店―

地味な祖母に起きた大変化。平穏を崩す美少女の存在。親友と決別した少女の第一歩。北九州の小さなコンビニで恋物語が巻き起こる。

彩瀬まる著
あのひとは蜘蛛を潰せない

28歳。恋をし、実家を出た。母の〝正しさ〟からも、離れたい。「かわいそう」を抱えて生きる人々の、狡さも弱さも余さず描く物語。

谷　瑞恵著
額装師の祈り
奥野夏樹のデザインノート

婚約者を喪った額装師・奥野夏樹。彼女の元へ集う風変わりな依頼品に込められた秘密とは何か。傷ついた心に寄り添う五編の連作集。

窪　美澄著
ふがいない僕は空を見た
山本周五郎賞受賞・R-18文学賞大賞受賞

秘密のセックスに耽る主婦と高校生。暴かれた二人の関係は周囲の人々を揺さぶり――。生きることの痛みを丸ごと包み込む傑作小説。

朝井リョウ著
何者
直木賞受賞

就活対策のため、拓人は同居人の光太郎や留学帰りの瑞月らと集まるようになるが――。戦後最年少の直木賞受賞作、遂に文庫化！

新潮文庫最新刊

朝井まかて著
輪舞曲《ロンド》
愛人兼パトロン、腐れ縁の恋人、火遊びの相手、生き別れの息子。早逝した女優をめぐる四人の男たち——。万華鏡のごとき長編小説。

藤沢周平著
義民が駆ける
突如命じられた三方国替え。荘内藩主・酒井家累世の恩に報いるため、百姓は命を賭けて江戸を目指す。天保義民事件を描く歴史長編。

古野まほろ著
新任警視（上・下）
25歳の若き警察キャリアは武装カルト教団のテロを防げるか？　二重三重の騙し合いと大どんでん返し。究極の警察ミステリの誕生！

一木けい著
全部ゆるせたらいいのに
お酒に逃げる夫を止めたい。お酒に負けた父を捨てたい。家族に悩むすべての人びとへ捧ぐ、その理不尽で切実な愛を描く衝撃長編。

石原千秋編著
新潮ことばの扉
教科書で出会った名作小説一〇〇
こころ、走れメロス、ごんぎつね。懐かしくて新しい〈永遠の名作〉を今こそ読み返そう。全百作に深く鋭い「読みのポイント」つき！

伊藤祐靖著
邦人奪還
—自衛隊特殊部隊が動くとき—
北朝鮮軍がミサイル発射を画策。米国によるピンポイント爆撃の標的付近には、日本人拉致被害者が——。衝撃のドキュメントノベル。

夜空《よぞら》に泳《およ》ぐチョコレートグラミー

新潮文庫　　ま-60-21

令和三年四月一日発行
令和五年五月二十五日十二刷

著者　町《まち》田《だ》そのこ
発行者　佐藤隆信
発行所　株式会社新潮社

郵便番号　一六二―八七一一
東京都新宿区矢来町七一
電話　編集部(〇三)三二六六―五四四〇
　　　読者係(〇三)三二六六―五一一一
https://www.shinchosha.co.jp

価格はカバーに表示してあります。

乱丁・落丁本は、ご面倒ですが小社読者係宛ご送付ください。送料小社負担にてお取替えいたします。

印刷・錦明印刷株式会社　製本・錦明印刷株式会社

ISBN978-4-10-102741-8 C0193